剣と魔法の税金対策

［著］SOW
［絵］三弥カズトモ

5

It's a world dominated by
tax revenues. And ma
create a new sto

謎の少年
突然、クゥに求婚。
「クゥと結婚したいですって……
いい度胸だ!! 殺してやろう!!!」
ブルー・ゲイセント
魔族領を治める魔王。
メイの夫。
お金が足りない。

メイ・サー
人類種族最強の勇者。
ブルーの妻。
二つ名は“銭ゲバ”。
「け、けっこんなんて……」
クゥ・ジョ
世界最後の
“ゼイリシ”の少女。

「ふん、ふん！」
ゼオス融合体
クゥの体に税天使ゼオスが
乗り移った姿、強い。

カサス融合体
神官長ポエルに、
認天使カサスが乗り移った姿。
動きが止まり、磔にされたカサスを、
容赦なく殴り続けるゼオス。
繰り出される高速連撃に、反撃の糸口はつかめず、
防御もできないままに、ひたすら拳が叩き込まれる。
肩口から先が見えないほどの、高速打撃。

「アンタたち…………」
一瞬で、目にも止まらぬ速さで剣を抜くと、
クゥを縛り付けていた綱を切り裂く。
「よくも……」
そして、群衆の前に進み出る。
彼らが何者かなどどうでもいい。
「ウチのクゥくんをいじめたんだからね、
それくらいの怖い目には
あってもらわないと、うん」
髑髏兜の全身鎧なので気づけなかったが、
ずっと、ブルーのこめかみはひくついていた。

人間だろうが魔族だろうが
それ以外のなにかだろうがどうでもいい。
「ウチの子いじめてくれたわね！！！！」
「我が同胞たちよ、聞け！」
邪竜卿
魔王軍四天王の一に
数えられる魔族。
巨大な口を開き、同族たちに号令を下す。
「与えてやらねばならん、然るべき報いを！」
「うおおおおおおおっ!!!」

けんとまほうの
ぜいきんたいさく

Contents

's a world dominated by
ax revenues.
nd many encounters create
new story

剣と魔法の税金対策

Brave and Satan and Tax accountant

5

けんとまほうの
ぜいきんたいさく

[著] SOW　[絵] 三弥カズトモ

It's a world dominated by
tax revenues.
And many encounters create
a new story

序章　夢

変な夢を見た。
そこは、真っ白な世界だった。
床も天井も壁も、つなぎ目なく真っ白な空間。
眠りについたはずの〝ゼイリシ〟クゥ・ジョは、気づいたらそこにいた。
見渡す限りなにもない。
あるのは一つだけ。
ぽつんと、一組の事務机と、そこにかける少女――なのだろうか？――がいるだけ。
「あれ、え、ここは……？」
キョトンと、戸惑い、あたりを見回す。
おかしい。
その日も彼女は、多岐にして多種な仕事の数々を片付け、ベッドに入ったはずだ。
着ているのも、普段着ではなくパジャマ姿である。
いつの間にこんなところに来たのだろう。
「ん？」

そんな風にクゥが首をひねっていると、机に向かい、黙々と〝なにか〟をしていた少女が振り向く。

「ああ、スマン、ちょっと待っててくれ」

クゥの姿を見つけると、それだけ言って、再び机に向かう。

よくわからなかった。

このシチュエーションもそうだが、この少女が特にわからない。

少女なのか？　と思ったように、見た目こそ自分とそう変わらない、それどころか年下に見える容姿なのだが、まるで千歳を超えた老人のようにも見える。

いやそれどころか、男なのか、女なのかもわからない。

少女のようでいて少年のようであり、老婆のようであり老爺《ろうや》のようであり、その全てのようにも感じる。

〝ゼイリシ〟として、魔王城で働くようになって、様々なものを見てきたが、その中でも、もしかして「一番わからない」もののように思えた。

「うーむ、おかしいな、数字が合わない、どうなってんだまったく……」

とりあえず、暫定的に、クゥは相手を「少女」と思うことにした。

その少女は、どうやら自分をここに呼びつけた張本人らしい。

にもかかわらず、少女はなにやら取り込み中のようであった。

「うむむむ……」

やや苛《いら》ついた顔で、眉間《みけん》にシワを寄せながら、少女はなにか、タイプライターのようなものと、水槽のようなものを前に唸《うな》っている。

水槽には幾列もの数字が浮かんでいた。

よく見ればそれは、なんらかの帳簿であるようだった。

「え～っと」

自分をほったらかしにして、その帳簿と格闘している少女。

背後に近づき、クゥはそれを覗《のぞ》き込む。

よくわからないが、なにかの収支決算表のようであった。

どうやら、見逃せない、誤差の域を超えたマイナスが出ているらしい。

それを少女は懸念しているわけだ。

「あの……」

思わず、クゥは声をかける。

「三列目の五段目、あと、七列目の二段目の数字がおかしくないですか？」

怪奇なまでに複雑な帳簿であったが、記帳というものにはルールが存在する。

どんな難解なものでも、そのルールに則《のっと》ったものならば、なにが正しく、何が間違っているかはわかる。

「おお、そうか！」

クゥの指摘を受け、少女は数字を修正する。

途端に、それまで帳簿に出ていた、「数字に間違いがある」と表示されていた赤字が消え、正しい形となった。

「いやいやいや、すまないね。さすがだ」

「いえいえいえ、お役に立てて何よりです」

少女とクゥは、しばし笑い合う。

「…………えっと？」

直後、改めて思い直したクゥが、疑問に首をひねる。

「あ、そうだ、スマン、忘れてた。ええっとだな」

彼女こそが、自分をここに招き入れた張本人だろう。

その説明を求めていたクゥに、ようやくそれを思い出したか、少女はぽんと手を叩《たた》いた。

「最初に言っておく、これは夢だ」

「は、はい？」

いきなりの言い分に、クゥは困惑する。

明晰夢《めいせきむ》という言葉がある。

夢の中で、これが夢だと自覚するという現象だ。

だが、夢の中の人物が「これは夢だ」と宣言するのは、似ているようでちょっと違う。

「まぁ戸惑ってもしょうがないな。だが事実だ」

そんなクゥの反応も織り込み済みだったか、少女は苦笑いしつつ続ける。

「とはいえ、事実は事実だ。受け入れろ。何分、こういう方法を取らないと、接触もできないんだ、私は」

自称「夢」の少女は、またよくわからないことを言い出す。

「まったく、自分で決めたこととは言え、こういうときは困る。だが、世の諸事の大前提は、『自分で決めたことは守りましょう』だ」

少女の口ぶりから、彼女にはなんらかの事情があり、夢という形でしか、こうして自分と対面することができなかった——ということのようであった。

と、そこまで考えて、クゥは疑問を抱く。

(あれ、それって……？)

疑問点を口にする前に、少女はさらに続ける。

「手を出せ、早く」

この少女は、クゥの疑問や困惑を、解決する気はさらさらないようであった。

とにかく、性急に、自分の用件を終わらせようとする。

「な、なんですか……」

怯《おび》えながらも、クゥは片手を伸ばす。

「ん」

少女は、差し出された手に自分の手を置く。

「え？」

一瞬、なにかのぬくもりのようなものが伝わる。

他者の手が当てられ、体温が伝わった……というのとは異なる。

じんわりとした、あたたかいと熱いの、中間のような感覚であった。

だが、それこそおかしな話である。

夢の中なのに、「肉体に伝わる感覚」があったのだ。

「これは、一体……」

しかし、やはりそれでも、この空間は夢だった。

なぜなら、徐々に、景色が薄れ始めたのだ。

体が意識を取り戻し始めている証《あかし》。

夢から〝醒《さ》める〟兆候である。

「いいかい、どれだけ憶《おぼ》えているかわからないが、それでも伝えておく」

さらに戸惑うクゥに、少女は告げる。

「使命とは、命を使うこと。運命とは、命を運ぶこと」

薄れ、かすみながらも、少女の声は、はっきりと耳に入る。

「誰も、お前がどのように生きるのが正しいかなんて、決められない。私だって同じだ。それは絶対の理《ことわり》だ」

すでに、少女の姿は、半分も見えない。

何枚も何枚も重ねた、すりガラスの向こうに映るような曖昧《あいまい》さだ。

「だから、どのような果てを選ぼうが、それ自体は責められない、誰も責めることはできない」

少女の、最後の言葉が、クゥの耳に入る。

「でも、だからこそ、自分の思いは裏切ってはならない。わかったね」

それを最後に、少女の姿は完全にかき消える。

直後、まるで水中から引き上げられたように、意識が変わる。

「はえ………？」

気づけば、ベッドの上だった。

窓からこぼれる朝の光が、それまでの全てが夢であったことを再確認させる。

「えっと……」

ぼうっとした、寝起きの頭で、クゥは自分の手のひらを見る。

なんでそんなことをしたのかわからなかった。

どんな夢を見たか――いや、そもそも夢を見たのかも覚えていなかった。

だが、ふと、昔聞いた話を思い出す。

人はみな、毎晩夢を見ている。

しかし、起きた時に全て忘れてしまい、記憶しているのはわずかなものだけ。

そしてもう一つ、夢とは、「魂が体からはなれている状態」だと。

その時の人は、本来なら接触することができない存在と、対話することができる、と。

まだ霞《かすみ》がかかったようにはっきりしない頭で、クゥはただ、自分の手のひらを見つめる。

別になにも変わったことはない。

いつもどおりの、自分の手のひらを。

事件というのは、えてして、何の変哲もない日に始まるものである。

あとになってから「なんでこんなことに！」と嘆く時、誰もが思う。

「あの瞬間までは、あんなに平和だったのに」と。

それを、メイ・サーはこの後、何度も何度も思い返すことになる。

それくらい、この朝の彼女は、何の変哲もなく、平和であった。

「ぱくぱくぱくぱくぱくぱくぱくぱくごっくん」

「…………」

「もぐもぐもぐもぐもぐもぐもぐもぐごっくん」

「…………」

「どしたのクゥ？　お腹痛いの？」

魔王城の、朝の食卓の光景。

長テーブルに相対しながら、片や朝から山盛りで骨付き肉を食らうメイ、そしてベーコンエッグにサラダ、小さめのパンとスープという平均的なブレックファーストなクゥ。

「いえ、そんなことは、なんでもないです」

なんでもなくない顔と声で返すクゥ。

「ホントに？　アンタ、油断すると働きすぎで体壊しちゃうから、無茶しないでね」

食欲旺盛《おうせい》という言葉では追いつかない健啖家《けんたんか》のメイに比べれば、人類種族のほとんどは食欲不振に見えてしまいそうなものだが、当然ながら、メイもそんなつもりで言っていない。

強靱《きょうじん》な魔族相手でも素手で倒すほどの身体能力を誇るメイである。

その体を維持するためには、このカロリーでも「日常」なのだ。

だが、「自分と比べて少ない」だとか、そんな意味で言っているのではない。

小さな体にふさわしく少食なクゥだが、いつも以上に、食べる速度が鈍い。

メイはそれに気づいたのだ。

「悪いと思ってるんだけどね……アンタみたいな小さな体に、全部乗っけてんだからさ」

申し訳なさをこめて、メイは苦笑いを浮かべた。

クゥが、働きすぎて体を悪くしたことなど、一度や二度ではない。

メイが案じるのも、無理のない話なのだ。

「そんな、大丈夫ですよ。だって、最近お手伝いしてくださる方たちも増えましたし」

「あーそうだったわね」

クゥの言葉に答えながら、メイは皿の上のベーコンを見る。

これは、人類種族領から輸入したものではない。

魔族領で「国産化」に成功したものである。

「特区の開発のあれこれもあって、事務仕事に長《た》けた人たちも、こっちに移住するようになったんだっけ?」

「はい!」

元気良く応えるクゥ。

彼女が、この城に来たときから進めてきた、「魔族と人類種族が共同で開発を行う」開発特区——それは順調に軌道に乗っていた。

「あれからも、多くの技術者の方たちが移り住んできて、様々な技術を広めてくれているんです」

魔族は、身体が頑強で、魔力も強いことから、人類のように技術を進化させる必要性が少なかった。

メイの見たところ、魔族領と人類種族領の文明レベルは、五百年は異なる。

「このベーコンもただの国産じゃないのよね、魔族が作ったんだっけ?」

「はい、ゴブリン族のみなさんが作りました!　美味《おい》しいですよね」

ゴブリンと言えば、「小柄で小賢《こざか》しく、群れを作って人里を襲う」イメージがあるが、逆に言えば彼らは「集団行動に長け、高い学習能力と器用な手先を持つ」者たちでもある。

人類種族領からやってきた職人たちに教わり、彼らが驚くほどのスピードで製法をマスターしたのだ。

「ゴブリンと言えば、人類種族領じゃ村を襲って家畜を奪う魔物の定番なんだけどね〜、まさかこんな適性があったなんてね」

新人の傭兵《ようへい》や冒険者が、小銭稼ぎで引き受けるミッションの定番が、「ゴブリン退治」である。

メイも、昔は何度か経験した。

あの頃は、うざったい雑魚と思っていた彼らゴブリン族が、今は新しい生き方を拓《ひら》き始めているのだ。

「大したもんだわ、ホント」

心から感心したように、メイは言う。

目の前の〝ゼイリシ〟の少女は、こんなことを凄《すさ》まじい数で、行っていた。

社会を豊かにし、皆が幸せになりたいと願えるようにする——いつだってクゥの頭にあるのはそれだけなのだ。

魔王城に来てからずっと、そのために駆けずり回っている。

剣でも魔法でもできない奇跡を起こし続けている彼女の姿は、眩《まぶ》しく見えた。

「意外と、たくさん移住者が来たのには驚いたわね〜」

そんなクゥの仕事の結果の一つが、人類種族領からの移住申請者であった。

最初は大規模に募集をかけていたが、今では募るまでもなく希望者が訪れる。

そのため、開発特区は、月どころか、週単位で拡張されているくらいだ。

「それ、なんですが……」

少し、クゥの顔が暗くなる。

「なに？」

「はい、その……」

問いかけるメイに、クゥはやや悲しげな顔になる。

「人類種族領では、やはり様々な社会的な問題がありまして。その、人種とか、国とか、そういう理由で、頑張ってもまっとうに暮らせない方たちが、多かったようです」

「ああ、そういうことね」

これは、クゥにしても予想外のものであったのだろう。

人類と魔族は、千年以上もの間、戦争を続けてきた。

両種族の戦いがここまで膠着《こうちゃく》化したのは、理由がある。

魔族は、絶対数が人類より少なく、文明レベルが低かった。

人類は、数は多く、文明レベルは高く、組織的戦力を有していたが……魔族と違い、統一王朝がなく、また、同種族間で時に、「魔族以上に弾圧された」者たちがいたのだ。

人種、宗教、文化、民族、歴史的な経緯、理由は様々である。

「だから、勇者なんてモンが生まれたのよね」

メイは、自分が〝勇者〟となった頃のことを思い出す。

「アタシを〝勇者〟と認定した坊さんに聞いたことあるのよ」

なぜ魔族への対抗手段を〝勇者〟などという「民間委託」に任せているのか?

国同士が協力し、連合軍を作ればいいだろうと。

「『そんなことすれば、魔族に勝っても他国に攻められるだろう』だってさ」

その時の答えが、これだった。

そんな腹のさぐりあいを千年以上やっていたのだから、なんとも頭の痛くなる話である。

「今ウチに来てくれているのは、そういう社会で、居場所のなかった人たちなのね」

「はい……」

念のために言うと、魔族の間でも、差別や偏見がないわけではない。

しかし、翼や角、牙《きば》や甲羅やエラ、挙げ句に、腕や足が何本あるかという次元の者たちなのだ。

魔族社会から見れば、人類社会の差別の理由がわからないのも無理はない。

「間違い探し」ゲームに必死になっているようにさえ思えるだろう。

「ま、いいんじゃない」

「え?」

重くなった空気を吹き飛ばすように、メイは言う。

「世界の半分はこっちにあんのよ？　住むとこだっていくらでもある。行くとこないならどんどん住まわせてやればいいわよ」

「はは……」

その豪快な物言いに、クゥは呆《あき》れたような、感心したような声を出した。

「幸い、ウチの魔王様はそういうのヌルいから、あと百年二百年は問題なしよ」

それだけの長い期間があれば、彼らがこの地に根付き、生活を確立させるには十分である。

「そうですね、ええ……そうです！」

クゥの顔に、少しだけ元気が戻った。

彼女が重い顔をしていたのは、昨夜の夢――正確には、「何を見たのか覚えていないが、妙に気がかりな夢」――のせいだったのだが、そんなことよりも、目の前の自分の果たすべき仕事の意義を再確認することのほうが、ずっと重要事であった。

「――で」

そこまで話し終えたところで、メイはあらためて、長テーブルの一角を見る。

「アイツはどこにいるのよ」

そこは、本来ならば、魔王城の主にして魔族の総領、ブルー・ゲイセントが座り、二人とともに朝食をとっているはずであった。

「えっと、なんでも、ちょっと急用だって」

「急用？」

こんな朝っぱらから、一体何をと、メイは首をひねる。

「ねぇ、アンタ知らない？」

メイは、同じ部屋の中にいた、メイドの魔族の少女に尋ねる。

「お客さんらしいですよ。メイ様とクゥ様は近づけないでくれと言われました」

「ほう？」

「あ」

ちょうど、メイの食べ終えた、山盛りの肉が盛られていた皿を片付けながら、メイドの魔族は「しまった」とばかりに口を覆う。

だが、一度出た言葉は、戻らない。

「どういうこと？　説明しなさい」

「いえあのその、魔王様に、『メイくんがいると話が絶対こじれるから、絶対言っちゃダメだよ絶対だよ』と言われていまして……あああ言っちゃった！」

絶対が三つも重なるほど念を押されたにもかかわらず、メイドの少女は全部話してしまった。

「よし、行くわよクゥ！」

「えええ!?　いけないですよメイさん」

早速、ブルーのもとに行こうとするメイを、クゥは慌てて止める。

「ヤなのよ、こういう秘密にされるのって。何に怒って何に怒らないかは、アタシが決める！」

こうなったメイはもう止まらない。

止めようとするクゥを抱きかかえ、そのまま、部屋を出ていってしまった。

「ああ、どうしようどうしよう」

開け放たれたままの扉を前に、メイドの少女はうろたえる。

ちなみにこのメイド魔族、種族は「ハーピー」である。

鳥の下半身と翼に、人間の上半身が付いたような姿。

翼は折りたたみ可能であり、下半身もロングのスカートをはけば人類種族と見た目はさほど変わらない。

だがしかし、鳥系の魔族のサガ、「三歩歩けば忘れる」鳥頭ほどではないが、やや記憶力に難があったのである。


所変わって、魔王城内の、「謁見の間」——基本、来客があったときは、ブルーはここで応対をする。

魔王城に殴り込んできたメイを迎えたのもこの部屋であった。

「それは無理だよさすがに無理だ」

その部屋の中、「来客」の前で、ブルーはブンブンと首を振った。

首のついでに両手も振る。

可能なら、両足も振って全身で表現したいほど、「来客」の告げた用件は、到底受け入れられないものであった。

「なぜだ陛下、我はそんな無茶言ってるか？」

「無茶言ってるよ。すごい無茶言ってる」

玉座に座るブルーの前に立っているのは、十四～十五歳ほどの、少年であった。

褐色の肌に金色の瞳《ひとみ》。

口調は粗野に感じるが、物腰や顔つきには卑しからぬものがあり、王族や貴族を思わせる、端整な顔立ちであった。

「そんな難しいことか？　我はアイツに貸しがある。アイツも必ずそれを返すと言った。その約定を果たしてもらうだけだ」

「そうなのかもしれないけどね、でも彼女は、そんなことは想定して言ってないと思うよ」

少年に対して、ブルーの口調は「魔王」らしからぬものであった。

ただでさえ日頃から「王様らしくない」と言われる彼女だが、それでも城内の魔族たち相手には、それなりに「上に立つ者」の態度で接している。

どうやら、この少年は、ブルーに比較的近い、高位の魔族であるようだった。

「この話はナシだ。こんなこと、メイくんに聞かれでもしたら……」

額を押さえながら、ブルーは改めて、メイとクゥの二人を離しておいて良かったと思った。

(こんなこと、メイくんが聞いたら、彼殺されるぞ……ついでに僕も……)

ちらりと、ブルーは壁を見た。

あちこちに補修の跡があり、ところどころ色が違う。

ことごとく、ブルーがメイに、「手厳しい」ツッコミをくらった跡である。

どういう手厳しさかと言うと、具体的には超強力な攻撃魔法をぶっ放される。

そのたびにブルーはふっとばされ、壁を砕いて魔王城の外まで飛ばされ、地面に叩《たた》き落とされたのだ。

(あれでもかなり「手加減」してるからなぁ……本気だったらこの城、とっくに新築になっているよ)

魔王家に代々伝わる、髑髏《どくろ》兜《かぶと》の全身鎧《よろい》。

強靱《きょうじん》な防御力と、対魔法の術が施されている、魔族最強の武具だが、それをまとっていてもかなり痛いのだ。

もしメイが、この少年の要請を聞いたら、その場で激怒し、手加減無用の一撃を放つだろう。

さすがにそうなると、命の危険を考えねばならない。

「とにかくナシったらナシ！　クゥくんと結婚したいだなんて、絶対に駄目だよ」

ブルーが、その言葉を告げた瞬間、謁見の間の扉が吹き飛んだ。

「なんですって―――――！！！！」

「わ―――――!!!」

そこに現れたのは、怒髪天を衝《つ》き、目は怒りで燃え上がった、鬼の形相のメイであった。

「どこのどいつの馬の骨だ――そんなふざけたことを抜かすのは――!!」

「ひえええええ!?」

現れたメイを前に、悲鳴を上げ、ブルーは玉座の後ろに逃げ隠れた。

もはや魔王の威厳など知ったことではない。

怖いのだ。

とても、すごく。

「クゥと結婚したいですって……いい度胸だ!!　殺してやろう!!!」

魔王よりも魔王らしいと言われるメイ。

この日はそれを超えて、破壊神のごとき形相であった。

メイにとって、クゥはただの仲間ではおさまらない。

ここまで苦楽をともにした家族も同然……否《いな》、家族そのもの。

今の彼女は、いきなり現れた娘の彼氏に「お前にお義父《とう》さんと呼ばれる筋合いなどない！」と怒鳴りつける頑固親父《がんこおやじ》一万人分の状態であった。

これが予測できていたからこそ、ブルーはクゥだけでなく、メイも近づけないようにしたのである。

「ああ、勇者か。オマエにも話そうと思ってたんだ。あのな――」

「馴《な》れ馴《な》れしいわこのガキャッ!!」

少年が振り向いた次の瞬間、床石をくぼませるほどの脚力で跳ぶと、まるで瞬間移動したかのような素早さで迫り、鉄拳《てっけん》を唸《うな》らせた。

「おわぁっ!?」

寸前でそれを避けた少年。

代わって、背後の柱に、メイの拳《こぶし》が叩《たた》きつけられた。

直後、轟音《ごうおん》を上げてふっとばされる柱。

大人二人がかりでようやっと抱えられるくらいの太さのある石柱が、ウエハースのように砕け散った。

「ちっ、避けたか……」

闘気を通り越し、殺気を込めた目でにらみつけるメイ。

彼女は、「かつてストーンゴーレムの群れを素手ゴロで倒した」と豪語するほどの、徒手空《としゅくう》拳《けん》でも常識はずれな戦闘力を持つ。

「ま、待て！　落ち着け、話を聞け！」

間近に迫る人型の死の塊と化したメイに、少年は静止を試みるが、そんなものは通じない。

他の誰でも、それこそ自分が侮辱されたとしても、メイはここまで怒らなかったであろう。

「ウチのクゥにコナかけようたぁいい度胸よ……あの世で冥府《めいふ》の王に自慢しなさい。『メイ・サーに正面からケンカ売った、そして死んだ』ってねぇ!!」

「待てー待てー！　違う落ち着け、我だ我!!」

「問・答・無・用!!」

叫ぶ少年に、再びメイの拳が振りかぶられた直前、クゥが声を上げた。

「め、メイさん、落ち着いてください!?　殺しちゃダメです！」

さすがに見ていられないとばかりに、メイにすがりついて必死で止める。

自分の求婚者が現れたことに驚きはあったが、その驚きを噛《か》みしめる間もなかった。

「あ、あなた誰ですか？　一体何で急にそんな、その……」

言いながら、今さら、クゥの頬《ほお》に赤みが浮かぶ。

人類種族や魔族だけでなく、天界の者たちからさえ、クゥは聡明《そうめい》さと賢明さを称賛される。

だが中身は、やはり年頃の女の子である。

年相応に、恋愛話に興味はある。

「け、けっこんなんて……」

今さらながら改めてその言葉の大きさに気づき、少年を見た。

「お嬢ちゃんか、聞いていたなら話は早い、結婚してくれ」

「ふえ!?」

店でりんごを買うかのような気安さの求婚にうろたえるクゥ。

「よし死ね」

再び怒りの拳《こぶし》を燃やすメイ。

「ま、まままま待ってください!?　メイさん!?」

再び必死で、クゥは止める。

クゥの膂力《りょりょく》で、メイを止めることなど本来は不可能である。

これはただ、「クゥを思いやる」彼女の心情が、動きを鈍らせているのだ。

「あ、あなた、その……誰なんですか!?」

「あン?　なに言って……ああ、そうか、この姿じゃ初めてか」

「へ?」

少年の言っている言葉の意味がわからず、クゥは間抜けな声を上げてしまう。

だが、言われてから気づいた。

彼と、どこかで会った記憶がある。

まったく見覚えのない顔だが、既視感を覚える。

「く、クゥくん!　彼は……邪竜卿《きょう》だ!」

玉座の後ろから顔をのぞかせ、ブルーが言う。

「邪竜卿、さん……ええええ！」

それを聞いて、クゥはさらなる驚きの声を上げた。

邪竜卿——魔王軍四天王の一に数えられる、魔族の有力者である。

メイやクゥとは魔王城に訪れたころから面識のある、顔なじみの魔族だ。

だが普段は、丘ほどもある巨大なドラゴンである。

姿形どころか、声まで別物になっていた。

「なんだアンタだったの、そういえば気配が同じね」

ようやく冷静になったか、メイは匂《にお》いをかぐような仕草で、邪竜卿の放つ〝気〟を読み取った。

メイほどになれば、相手からただようわずかな気配だけで、個人の特定は可能。

確かに、よく知ったドラゴンと同じものであった。

「なにその姿？　なんで人型に化けたの？」

「化けたんではない、これも我の姿の一つだ」

問われ、邪竜卿は鼻息荒げに返す。

高位魔族たちの中には、複数の姿を使い分ける者もいる。

どれが「正体」というわけではなく、人間で言えばフォーマルとカジュアルの服装の違いのようなものなのだ。

「一応こちらも、場に合わせたんだぞ。人の子を嫁に取ろうというんだ、人の姿の方がいいだろ、な？」

「な、な？　って言われても……」

邪竜卿《きょう》に問われ、クゥは顔を真っ赤にしてうろたえている。

「よくわかったわ。なによ、それならそうと早く言いなさいよ問答無用で殺すとこだったわ」

「躊躇《ちゅうちょ》ないなオマエ」

一方メイは、相手が既知の者と知って、ようやく落ち着いたように見えた。

「ねぇ邪竜卿、紙とペン持ってる？」

「は？　なんでだよ？　持ってねぇぞ」

「あそう、しょうがないわね、すぐ用意させるわ」

落ち着いた声で、意図のよくわからないことを言い始めた。

「知り合いならせめて遺書くらい書かせてあげないとね」

どっこい、落ち着いたと思ったら、まだ怒りの真っ最中であった。

「メイさんダメ!?　落ち着いてください！」

「メイくん、キミはなんでそう火がついたらすぐに紅蓮《ぐれん》の業火なんだ!?」

慌てて、クゥとブルーがとりすがり、メイを落ち着かせた。

「だってー！　このドラゴン！　よりによってクゥをたらしこもうなんて、万死に値するじゃない！」

「こ、こえー！　この女こえー!!」

静かに忍び寄る殺意を前に、恐怖する邪竜卿。

頭を押さえて後ずさる。

彼は高位魔族なだけあり、立派な角が頭部に幾本も生えているが、その中でもひときわ大きいそれは、対となるべき片方が折れている。

誰あろう、メイに折られたのだ。

そのことが、けっこうトラウマになっていた。

「あ、あの、えっと邪竜卿さん？」

メイを押さえながら、クゥは尋ねる。

「なんで、その、わたしなんですか……？　いえ、あの、お気持ちは嬉《うれ》しいのですが……えっと……」

つい最近まで、ヤギとヒツジを友とし、一人山奥の寒村で暮らしていたメイ。

同年代——というわけではないが、外見は近い——の異性に告白を通り越して求婚され、さすがに戸惑う。

「ああ、話せば長くなるんだがな。我の領土からミスリル鉱山が見つかってな」

「は？」

いきなり出てきた無関係なワードに、クゥは面食らう。

「え、マジ、ホント!!」

替わって、メイの目の色が変わる。

ミスリルとは、世界で最も希少な魔法鉱物であり、その価値は、同じ重さの黄金の数倍という、大変高価なものである。

「世界中のミスリル全部集めても、倉一個分ってくらい珍しいのよ……その鉱山が見つかったなんて、宝の山じゃない！　わーお!!」

さすがは〝銭ゲバ勇者〟の二つ名を持つメイである。

その価値を、誰よりも情熱的に理解する。

事実、ミスリル鉱山が発見されたとわかれば、ゴールドラッシュなど目ではない、とてつもない巨益が動くのだ。

「そりゃすごいな、魔族全体で見てもとんでもない利益になるぞ」

「ああ、これでちょっとは、魔王城の会計の足しになると思ってな」

感心するブルーに、邪竜卿《きょう》は続ける。

「……そうなの？」

興奮し踊りだしていたメイが、ピタリと止まって尋ねる。

「おめー……ほんと、そっち系の話は疎《うと》いんだな」

呆《あき》れた顔の邪竜卿に代わって、ブルーが解説する。

「魔王城の収入は、どういう仕組みになっているか、知ってたっけ？」

「前になんか聞いた気がするけど……忘れた」

すがすがしい返答であった。

「うん、ならちょうどいい、おさらいで僕が説明するよ」

税制度のこととはいえ、魔族内の話なので、〝ゼイリシ〟のクゥではなく、〝魔族の長〟であるブルーの管轄だった。

「魔王城……魔王の収入は、全魔族の収入から一部が、税の形で納められる。その税金が、『魔王の収入』となって、その一部が天界に納められるんだ」

世界を創造した、「神の中の神」絶対神アストライザーとの間で取り交わされた、世界の根本原則〝ゼイホウ〟に定められたものである。

「邪竜卿も僕の家臣である魔族だが、彼は貴族階級なので、自分の領土を持っている」

「そういや、さっき言ってたわね、そんなこと」

ミスリル鉱山発見の報に驚いて、他のことは耳に入っていなかったメイ。

「なので、邪竜卿は、自領の経営を行い、領内の徴税権を持っている。そこで集めた税金が『邪竜卿の収入』として、その中のいくらかが魔王城に納められるんだ」

「ふーん、いろいろややこしいわね」

簡単に整理すると、魔族の納税方式は、「その領土を支配する者が、領民たちに代わって天界に納税する」という方式である。

魔族は人類種族以上に多種多様。

まともな納税の手続きができる者の方が少ない。

というか、「税金」自体知らない者も多い。

こうしないと、回るものも回らないのだ。

「ってことは、邪竜卿《きょう》の土地が儲《もう》かれば、その分魔王城も儲かるってことね」

「それだけわかってくれれば十分だ」

金に関して人百倍執着するメイ。

自分たちが儲かる、というその一点が確認できただけで、十分な話であった。

「んじゃ、頑張って鉱山開発しなさい。たくさん儲けてたくさん納めなさい」

「さっきまで殺すとか言ってたくせに……」

メイの傲岸《ごうがん》な物言いに、怒る気力も失った邪竜卿は、ただただ呆《あき》れている。

「あ、あの～……」

だが、話の根本は解決していない。

恐る恐るクゥが手を上げた。

「それ、わたしと結婚したいというお話とどうつながるんです？」

まっとうな疑問であった。

「うん、だから話がややこしくなるのはここからなのだ」

再び、説明を始める邪竜卿。

「我はドラゴン族の長だ。故に、我が領土には、ドラゴン族が多く住んでいる」

おそらく、魔族の中で最も有名な種族、それがドラゴン族だが、その種類は多岐にわたる。

炎を司《つかさど》るレッドドラゴン。

風を纏《まと》い空を飛ぶワイバーン。

海を支配するシーサーペント。

山と見紛《みまが》うばかりのベヒーモス。

その中で邪竜卿は、「神に最も近い」とさえ呼ばれる古代竜の一族であり、当主なのだ。

「一応、我がドラゴン族の当主なのだがな、いかんせん、我が一族はどいつもこいつも寿命がクソ長いのだ」

魔族は人類よりも寿命が長い。

その中でもとくに長いのがドラゴン族であり、中には千歳を超える者もいる。

「ちなみにアンタはいくつなのよ？」

「だいたい我で三百歳くらいだ」

「うへぇ」

邪竜卿《きょう》の返答に、メイは呆《あき》れたような声を上げる。

「これでも一族の中では若手の方だ。坊や扱いすらされる」

邪竜卿の、「人型」での外見が、まさに人類種族に換算したときの相応の年齢なのだろう。

青年と少年の間くらい、「小僧」と呼ばれてもやむない頃合い。

「だから、厄介でな」

再び、邪竜卿はため息をつく。

「一族には長老連中がいてな。どいつもこいつも千年超えの頭の硬い頑固じじいばかりだ」

ただでさえ、ドラゴン族は誇り高い。

時代によってはドラゴン族から魔王を輩出したこともある、魔族の枠に収まらない高等種族の自負がある。

「まさか、ミスリル鉱山の開発を嫌がっている、とか?」

怪訝《けげん》な顔で尋ねるメイ。

種族の中には、そういった開発を拒む者たちはいる。

例えばエルフ族などは、「大地を汚す行い」として、農耕を拒んでいる。

同様のことが、ドラゴン族にあってもおかしくない。

「いや、開発自体は了承した。というか、了承させた」

言って、邪竜卿はさらに深いため息を吐《つ》く。

ここ数か月、彼の姿を魔王城で見なかったが、もしかして、頭の硬い長老たちを説得するのに、自領に戻っていたのかもしれない。

「だが、めんどくさい条件を出してきてな」

「条件って、なんです？」

「うむ」

問い直すクゥに、さらに語る。

「『我らが土地に、他種族を踏み込ませるなどあってはならん！』と言い出してな」

「そんな無茶な！」

鉱山開発は、ただ単に土を掘り返せばいいというものではない。

測量や地質調査もそうだが、掘り出された鉱石の中から主要な成分を取り出す抽出技術も必要となる。

荒っぽいように見えて、実は大変繊細な産業なのだ。

「ドラゴン族に……そんなことできるの？」

「無理だな。自慢じゃないが、そんな細かな作業に向いてない」

訝《いぶか》しむメイに、邪竜卿はやや自嘲《じちょう》的に返す。

ドラゴンの種族の中には、鉱石や宝石を食料とするものもいる。

だが、食べ方は大変に大雑把だ。

その成分が含まれている岩ごと食らい、強力無比な胃酸で溶かして取り込むのである。

「少なくとも、他種族に売ることが可能な形で採掘するなど、不可能だ」

大きすぎる、強すぎる種族というのは、それ故にできないことも多い。

巨人が、人と同じ大きさのナイフとフォークを用いて食事ができないように、こればかりは種族の壁があるのだ。

「それでも、なんとか説得を繰り返した……」

「アンタ、けっこうがんばったのね」

さっきまで問答無用でぶっ飛ばそうとしていたメイに心配されるほど、邪竜卿《きょう》の顔は疲労に満ちていた。

「そこで引き出した譲歩案として、『実際の採掘作業は他所《よそ》から来た他種族に委任してもいい、そこに魔族以外の人類種族がいてもかまわない』という言質をとった」

「やるじゃん」

ついには心から称賛するメイ。

だが、そこまで聞いて、余計に疑問が浮かぶ。

「あの、えっと……」

困った、かつ、やや、少しだけ、苛立《いらだ》った顔のクゥ。

なにせ、ここまで話されて未《いま》だに「なんで自分に求婚したか」の理由の、糸口も見えてこないのだから。

「待て、わかる。ここからだ」

それを察した邪竜卿、手を広げて制する。

「だがそれでも、どうしても譲れない部分はあってな。『鉱山経営の主導は、あくまでドラゴン族の者が行う』という点だけは、絶対に譲歩できないとのことだった」

「それは、さすがに難しいですね……」

どこが糸口なのか、と思いつつも、クゥは理知的に考える。

ドラゴン族の長老たちは、口にこそ出さないが、恐れているのだろう。

自分たちの領地が、開発の名の下に、自分たちの理解できない理屈の上でいじられることが。

それがただの開発だと言われても、もしかして欺《あざむ》かれ、搾取されているのではないかと。

どこの土地でも、現地人との間の軋轢《あつれき》など、それが基本である。

そしてそれは、魔族でも変わらないのだろう。

「ドラゴン族の中で、鉱山経営ができる人はいない。でもドラゴン族の方たちは、経営者は同族の者でなければならないと譲らない……」

一見八方塞《はっぽうふさ》がりに見えるが、抜け道がないわけではない。

クゥの脳内では、すでにいくつかの解決策が浮かんでいる。

例えば、表向きは、それこそ邪竜卿《きょう》を経営責任者にして、実際は別の人物を実質的経営者にすればいい。

要は「ハンコを押す者」だけドラゴン族にすればいいのだ。

（でもそれは違うんだよね……）

それは書類上の操作に過ぎず、抜本的な解決にはならない。

肝心なのは、「ドラゴン族の者たちの不安を取り除くこと」で、「彼らからの信頼と信用を得ること」なのだ。

「え」

そこまで考えたところで、クゥは、彼女にしては珍しく、ちょっと苦い顔になる。

「あの……邪竜卿さん、もしかしてなんですけど……わたしと結婚したいっていうのは……」

「うむ、こうなっては、方法は一つだ。経営能力を有する者を、一族に迎えるしかない」

「そうですよね、そうなりますよね」

「そこでお前のことを思い出したんだ」

「やっぱりそういうことですかー！」

ようやく、クゥは邪竜卿の求婚の理由を理解した。

婚姻の形でドラゴン族に入り、「一族の者」となって鉱山経営を行う。

その相手として、クゥが選ばれたのだ。

「それは……さすがにぃ……ちょっとぉ……」

理解してしまったからこそ、余計に強い脱力感が襲う。

つまりは、「政略結婚」のお誘いだったのだ。

「ダメか？」

だが、邪竜卿の方は、クゥの落胆の理由がわからない素振《そぶ》りであった。

「いえ、あの、えっと……」

クゥは聡明《そうめい》な少女である。

故に、彼に「悪気がない」ことも理解している。

そもそもが、婚姻が互いの恋愛感情によって行われる方が、実は少数なのだ。

それぞれの所属する共同体が、互いの利益のために行う「契約」という方が正しい。

（だから多分、悪気ないんだろうなぁ……）

わかるだけに、クゥは困った。

邪竜卿からしたら、自分の一族の利益のために、クゥの才能が必要。

一方、クゥ――正確に言えば、彼女が属する魔王城――も、ミスリル鉱山が開発されれば莫大《ばくだい》な利益を得る。

双方にとって得のある話であり、もしかして、「喜んでもらえる」とさえ思ったのかもしれない。

「いや、あの、でも、その、さすがに……」

どう言って断ればいいか、言葉を選ぶクゥの心中も知らず、邪竜卿《きょう》は一歩近づく。

「嬢ちゃん、前言ったよな？　『お返しは必ずする』って」

「え……それはぁ～……」

クゥは、人類種族領との交渉事などがあった際に、いつも邪竜卿に送り迎えをしてもらっていた。

それはただの足代わりにとどまらない。

魔族領の代表としての交渉、それは時に莫大《ばくだい》な金銭を左右する。

自分たちの利益のために、クゥに危害を加えようとする者も、一人や二人ではなかっただろう。

だが、邪竜卿が同行し、ボディーガードとなったことで、手出しをされることはなかった。

そのことは、クゥも十分理解しており、十二分に感謝している。

なので、以前に彼に言ったのだ。

「もしなにか困りごとがあったら、必ずお力になります。お返しです」と――

決してリップサービスの類《たぐ》いではない。

その時が来たのならば、自分が力になれるのならば、クゥは喜んで、邪竜卿のために助力を申し出ただろう。

だがしかしこれはさすがに予想外だった。

「なんだ、ダメなのか」

「えっと、えっと……」

生真面目なクゥは、邪竜卿の申し出を拒みづらかった。

どう返事すればいいか、頭がぐるぐる回るばかりで、なにも出てこない。

そこに――

「ダメ」

代わってメイが断言する。

「女の子にとって、〝お嫁さんになる〟ってのは重要なことなのよ！　それを、そんな損得勘定でやるなんて、言語道断！」

「え!?」

邪竜卿に指さして説教するメイに、ブルーは驚きの声を上げる。

「まったく、鉱山開発での利益のために結婚だなんて……アンタそれでいいの？」

「ええ!?」

さらに説教を続けるメイに、さらに驚くブルー。

「自分のさもしさとあさましさを恥じなさい！」

「え～～～……」

「ブルーうるさい」

半分無視していたメイであったが、ついに振り返ってツッコむ。

「なんか言いたいことあんの？」

「メイくん、キミが僕のお嫁さんになった経緯を忘れたのかい？」

勇者であるメイが、魔王であるブルーのもとに嫁いだのは、「世界の半分」をせしめるためであった。

そんな自分を差し置いて邪竜卿《きょう》を説教しているのだから、ブルーの方がツッコみたい話だった。

いやむしろ、ツッコんでくれの合図なのかと思ったほどである。

「それは……」

しばし考えるメイ。

どうやら、すっかり忘れて、自分のことを棚に上げたらしい。

「それよ!!」

そして、しばし考えた上で、そのまま棚の上に置きっぱなしにすることにしたようである。

「だいたい、今はちゃんとアンタのこと愛してんだからそれでいいでしょ！」

そのまま、力押しでごまかそうと怒鳴りつけ――

「あ……」

勢いに任せ、面と向かって恥ずかしいことを口にしたことに気づき、メイの顔がみるみる赤くなる。

「あはは……あーうん、まぁ、そうだね」

照れくさそうに、それでいて幸せそうに笑うブルー。

「記憶を失えい！」

そして、そんなブルーに、恥ずかしさのあまり、八つ当たりとばかりに放ったメイの攻撃魔法が炸裂《さくれつ》した。

無駄にでかい魔王城すら揺るがす破壊力。

またしても壁に穴があき、ブルーはふっとばされていた。

「あはは……」

そんな二人のやり取りを、呆《あき》れつつも、だが同時に、微笑《ほほえ》ましく見るクゥ。

「うん……」

その上で、決意を固め、口もとを引き締める。

「邪竜卿さん」

そして、ドラゴン族の長に向き直る。

「すいません、そのお話はお引き受けできません」

丁寧に、それでいて毅然《きぜん》と断った。

やはり、自分も誰かと添い遂げるなら、ちゃんと自分で選びたい。

ちゃんと、「愛している」と、心から思える相手とともにいたい。

それこそ、メイとブルーのような。

「ふむ……まぁそうなるな」

拒まれ、少し残念そうな顔の邪竜卿《きょう》。

「お約束を破る形になってしまい、本当に……その……」

「いや気にするな。それならそれで、また別の機会に頼みごとをする」

大して気にしていないから、お前も気にするなとばかりに、苦笑いを浮かべる。

「だが鉱山の方はどうしたものか……また説得をするしかないか。だがなぁ……」

言ってから、邪竜卿は腕を組み苦い顔になる。

長老衆の頭の硬さはかなりのもののようで、これ以上の妥協を引き出すのは厳しいのだろう。

「わたしも、なにか方法を考えます。ドラゴン族の皆さんが納得して、ちゃんと……信用してもらえる方法を」

クゥは決意を込めて答える。

結婚を断ったのは、ただ、自分の事情だけではない。

きっとおそらく、重要なのは「信用を得ること」なのだ。

小手先のやり取りで、形式だけ取り繕《つくろ》っても意味はない。

「……古来より、人間の娘と竜が結ばれる伝説というのは多いから、いけると思ったんだがな」

「はい？　どうしました？」

ぶつぶつと、なにかつぶやく邪竜卿に、クゥは問いかける。

「なんでもねーよ……ったく」

少しだけ、バツの悪そうな顔の邪竜卿は、人型になっているせいか、いつもより子どもっぽく見えた。

ちなみに、竜と人の間に生まれた子どもは、多くは英雄として名を残すと言われている。

とくにこれといって関係のない話だが……

とはいえ、これで、全ては終わる話だった。

だが後から思えば、それこそ、ずっと後から思えば、これがその後に起こる、大騒動の序曲であったのだろう。

それを後に、彼らは何度も、思い返すことになる。


その頃、天界――

絶対神アストライザーの座所にして、仕える天使たちの住まう場所、天空の宮殿。

その一室にて、税を司《つかさど》る天使、〝税天使〟ゼオス・メルは、膨大な書類の中にあった。

「うわぁ、なにやってんのゼオスちゃん」

そこに現れたのは、彼女の同僚の天使、査察天使トト・メルであった。

「ああ、トトですか。なにか用ですか？」

「いや用はないんだけどさー」

天使の日々の職務も様々で、二十四時間フル稼働をする部署もあれば、「仕事がないのが平和な証拠」の部署もある。

トトの場合は後者に当たり、暇を持て余しては馴染《なじ》みの同僚たちのところを訪ね歩いているのだ。

「なにこれ、なにやってんの？　今度はどこの税務調査をするの？」

クゥの一族、〝ゼイリシ〟の教えに「整理整頓《せいとん》こそが肝心」とあるように、数多《あまた》ある職務の中でも、税に関する業務は膨大な書類を正しく的確にまとめることにある。

とはいえ、それでもこの量は異常であった。

「……ちょ、百年前の日付？　こっちは、二百年……三百年前のまであるじゃん！　アンタ一体何を調べてんの？」

ゼオスの部屋に積まれた書類の量は、「膨大」という言葉が可愛《かわい》らしく感じるほど。

「こんな昔の資料集めても、意味ないでしょ？」

税務調査で遡《さかのぼ》れるのは、人類種族で五年が限界。

各種族の寿命に応じて変動はあるが、それでも五十年かそこら。最大解釈しても、百年には届かない。

一見、「逃げ得」に見えるが、税天使の目をそれだけの期間逃れるのは、ほぼ不可能であることの現れでもある。

「三百年も前の税金逃れなんて、見つけたとしても……」

ゼオスの目を逃れて、それだけの期間脱税していたのだとしたら、それはおそろしく少額か、もしくは当人にその自覚がない――過失的な未納ということである。

「追徴できる課税額なんて知れたもので、そんなものに関わっているくらいなら、今現在の職務を優先したほうがいいんじゃない？」

トトの言い分は、ビジネスライクに聞こえるが、至極まっとうなものなのだ。

法は厳格に適用されねばならない。

だが、常に完璧《かんぺき》に完遂するのは、神の使いの力でも不可能。

小規模な事案に集中するくらいなら、他の、より様々な方面に悪影響を及ぼす事例をこなすほうが、マクロ的な視点では正しいのだ。

「そんなことはわかっています」

「だよねぇ」

返ってきたゼオスの言葉に、トトはうなずく。

そんなこと、トトが言うまでもなく、ゼオス・メルが解《わか》っていないわけがない。

彼女は千年以上、税の天使として勤めてきた者なのだから。

「ノーゼの足跡を探っています」

「ノーゼ……あの税悪魔かい？」

出てきた名前を、トトが問い直す。

「はい、税悪魔ノーゼ……どうも彼女は、なにかを企《たくら》んでいる」

税悪魔、アストライザーに仕える税天使ゼオスの最大の敵。

世界の根本を司《つかさど》る法則〝ゼイホウ〟を悪用し、契約した地上の民に、莫大《ばくだい》な利益をもたらす。

だが、その契約者たちは皆全て、破滅を迎え、不幸な結末をたどる。

「ノーゼは狡猾《こうかつ》です。この数百年、私だけではない。天界の他の天使たちも、彼女を追っていましたが、一向に尻尾《しっぽ》を摑《つか》ませなかった」

ノーゼの行いは、ゼオスだけではなく、他の天使にとっても罪となる行い。

ゆえに、厳しい監視と捜索が行われたが、それでも彼女は逃れ続け、姿を見せることはなかった。

「悪魔の存在は、神への信仰を強める最大の材料となる。ゆえに、悪魔は悪魔として姿を現さない、か……」

日頃、笑顔を絶やさないトトが、わずかに苦い顔をする。

人が神にすがるのは、己の力では対処できない事態に遭遇した時。

それは、天災や疫病、様々あるが、最もわかりやすいのが、「神でなければ倒せない者」が現れたときであろう。

それこそが、悪魔なのだ。

「〝ゼイホウ〟を悪用すれば破滅する。そのわかりやすい象徴が税悪魔とすれば、当人は絶対に地上の民たちに正体を明かさないからね」

税悪魔の囁《ささや》きに耳を貸してしまった末路の恐ろしさを知れば、人は正しく納税しようとする。

そうさせないために、税悪魔は表立って動かない。

「うまくすれば税金をごまかせるのではないか」と、地上の民に思わせるために。

「なのに、あの女は、突然姿を見せ始めました」

資料に素早く目を通しながら、ゼオスは言う。

ボストガルでの一件、さらに先の魔王城のテキタイテキバイシュウ。

今まで尻尾を掴ませなかったノーゼの、活発な動き。

「決して偶然ではありません。彼女はなにかを企んでいる」

その確信があるからこそ、ゼオスはこの数百年の、世界中の税務資料を集め、その痕跡《こんせき》を探っていた。

彼女は、一瞬にして全ての経理実態を把握する〝審判の光〟を使うことができる。

しかし、全世界の数百年分の記録となれば、その力も追いつかない。

結果、こうして膨大な資料とのにらみ合いになっているのだ。

「無茶だねぇ……やっぱアレ？　あのクゥちゃんとか、魔王城のコたちのため？」

「…………」

少しだけ意地悪な顔で告げるトトに、ゼオスは無言で返す。

日頃の彼女なら、即座に「違います」と答えるところだろう。

税悪魔の追跡は、立派な税天使の仕事、公私混同を責められることはない。

（ありゃりゃ、こりゃいつもの態度を貫く余裕もないか）

軽口も通用しないほど、真剣なゼオスを見て、トトは頭をかいた。

「やれやれ、しゃーないねぇ」

そう言うと、ゼオスの隣に座り、別の資料の山に手をかける。

「なんのつもりです、トト？」

「暇つぶしだよ～、手伝ったげる」

査察天使のトト、彼女は別名「アストライザーの目」と呼ばれている。

彼女は物事の真贋《しんがん》を見極める能力を持ち、その点に関しては、ゼオスを上回る調査力を有する。

「頼んでないですよ」

「だから言ってるでしょ、暇つぶしって」

憮然《ぶぜん》とした顔のゼオスに、トトはいたずらっぽく笑う。

暇を持て余しては、天界の宮殿を毎日ぶらついているトト。

だがそれは決して遊びではない。

そうやって、他の同僚たちが困っている時に、いつも彼女は手を貸している。

「感謝します」

彼女が、自分を気遣い、手伝ってくれることにゼオスは気づく。

「うんうん素直なのはいーことだ」

ニッコリ笑うトト。

かくして、二人の天使の書類作業が始まるのであった。

「ふう……」

数日後――魔王城のテラスにて、クゥはぼうっとした顔で、なにかたそがれたような雰囲気であった。

「クゥくん？」

「わっ！」

それはもう、背後に自分の倍はあろう体軀《たいく》の、全身鎧《よろい》の髑髏《どくろ》甲冑《かっちゅう》の魔王ブルーが近づいても気づかないほどであった。

「あ、えっと、あのはい！　なんでしょう！」

「まだ気にしているのかい？」

慌てふためく彼女に、ブルーはわずかに苦笑いを浮かべ問いかける。

「あう……」

「ああ、やはりか」

いきなり結婚を申し込まれ、それだけでも混乱する中、その理由がビジネス的なものであったのでは、まだ幼さの残るクゥにはショックが強かったのだろう。

「彼も、悪気はなかったのだが……いや、むしろ、クゥくんを親しく思っているからこそ、声をかけてしまったところもあるんだと思うんだ」

邪竜卿《きょう》は、ブルー以外では、この城の中でもっとも親しい魔族であった。

「友人か？」と問われたならば、クゥは笑顔で首を縦に振っただろう。

そんな相手を、「異性」として意識してしまったのだ。

こういうのは、理屈ではなく、対処が難しい話である。

「それでも、キミに嫌な思いをさせてしまったのなら、彼の上司である僕の責任でもある。すまない」

巨軀《きょく》を曲げ、深々と頭を下げる。

世界の半分を統率する男が、躊躇《ちゅうちょ》なく、少女に謝罪した。

「や、やめてくださいブルーさん！　ち、違うんです！　そーじゃなくて……あ、いえ、それもあるっちゃあるんですが……それだけじゃないんです！」

「ん？」

だが、クゥの様子がおかしいのは、別の理由もあった。

「ミスリル鉱山の開発の件です。どうしたものかと思いまして……」

「それは……」

同族の者の経営でなければ許さないと、一族の長老たちが譲らない現状。

クゥはこれを、「自分たちの領土を侵されるのではないか」という、ドラゴン族たちの不安だと受け取った。

「なんとか、ドラゴン族の皆さんに信用していただく手段はないかなと……でも、なかなかいいアイディアが浮かばなくて」

「ふぅむ……キミは……」

まったく真面目な――と言いかけて、ブルーは口を止める。

ミスリル鉱山の開発は、ドラゴン族にとっても、魔王城にとっても大きな利益になる。

「みんなが幸せになろうと願える世界」を目指すクゥにとって、なんとしても達成したい案件なのだろう。

「だが今回ばかりは、分が悪いのかもしれないね」

「はい……」

ブルーに言われ、クゥは落ち込む。

制度的な、形式的な、法的な問題の解決はできても、相手から「信用」というあやふやなものを得る良案が、彼女には浮かばなかったのだ。

「人に信用してもらう、それは理屈じゃないからね。利害関係だけでは、物事は動かない」

「はい、実感しました」

日頃、メイにふっとばされたりぶっ飛ばされたりしているが、魔王……すなわち、「上に立つ者」であるブルーには、対人関係の構築の難しさは、よく解《わか》っていた。

「こういうのは逆に、メイくんの方が向いているのかもなぁ」

「え？」

意外なブルーの言葉に、クゥは驚いた顔をする。

「メイさんが、ですか……？」

彼女は、メイのことを心から慕っている。

周りに驚かれることもあるが、尊敬しているところさえある。

だが、同時に、彼女が口より先に手が出るストロング人間であることも、よく知っている。

「そう、でしょうか……」

知っていればこそ、「ドラゴン族への信用構築の相手」に、メイが向いているとは思えなかった。

それどころか、会った瞬間に、人類種族とドラゴン族の、生存をかけた一大バトルが展開されてもおかしくないと思うほどであった。

「ふふふ……まぁそう思ってもしょうがないね」

その反応も想定内。

ブルーはおかしげに笑う。

「でもそうでもないんだよ。確かにメイくんは、口より先に手が出るし、話がややこしくなったらパンチするし、相手が言うこと聞かなかったらキックするし、それでもダメなときは攻撃魔法撃ってくるし、あとそれからそれから」

「あの、ブルーさん……？」

クゥの顔が、若干青ざめている。

「それから？」

なぜなら、いつのまにか、彼の背後に、当の本人であるメイが立っていたからであった。

「ん……」

クゥの様子のおかしさに気づくブルー。

戸惑う彼女の瞳《ひとみ》に、背後の、頬《ほお》をひくつかせるメイの顔が映っていた。

「えっとね……」

しばし固まり、言葉を選ぶ。

「ええっと、その、つまりだ！　メイくんはね、彼女は、嘘偽《うそ》りを並べるような人間ではないんだよ」

大慌てで取り繕《つくろ》う、ただし、本心からの言葉を口にする。

「彼女は、中途半端な駆け引きや、相手の足を引っ張るようなことをしない。そんなことをする前に行動に移す。そこがある意味、彼女の強さで、長所でもある」

今時珍しい、一人パーティーのソロ勇者。

誰にも頼ることを許されない環境下で生き抜くには、即断と即決が重要だった。

「ドラゴン族みたいなタイプには、メイくんのように、良くも悪くも本音でしか語らないタイプの方が、実はいいと思ったんだよ」

それはそれで、ブルーが彼女を認めている部分だった。

嫌なことは嫌と言い、好きなことは好きと言う。

悩む前に動くその行動力は、ともすれば悩んで迷って動きが鈍いブルーには、眩《まぶ》しく映ることさえあるのだ。

「なんだけど……」

ちらりと、背後を振り向く。

そこには、やはり不機嫌な顔のメイがいた。

「……ま、いいでしょ」

だが、その一言のみで、いつものように鉄拳《てつけん》は飛んでこなかった。

「アタシが頭動かすより体動かす方が得意なのは事実だしね」

ふんと、鼻から息を吐く。

卑屈になっているとか、拗《す》ねているとかではなく、事実は事実として受け入れ、その上で自分の特性を自覚しているゆえの反応であった。

「か、勘違いしないでくれよメイくん？　別に僕は……」

「だからわかってるって」

　だからこそ、慌てるブルーに、苦笑いとは言え、笑顔を返す。

「それよりも、魔王のくせに背後がおろそかよ。油断しすぎじゃない？」

　照れ隠しも含めてか、説教をしだすメイ。

「魔王のくせにって、関係あるの？」

「あるある、油断して背後からブスッなんて、人類でも魔族でも変わらないでしょ」

「確かにそのとおりですね。鉄壁の要塞《ようさい》にこもった城主が、背後から味方に刺されて倒されたなどという話は、それこそ枚挙に暇《いとま》がありません」

「でしょー」

　隣に立っていたゼオスに返しつつ、メイは笑う。

　笑う――

「え？」

　メイの顔が固まる。

「アンタいつの間にいつからそこにいたの!?」

　当たり前のように会話に加わってきた税の天使にツッコむ。

「今さっき……ですね。あなたがブルー・ゲイセントの背後に立った後です」

「き、気づかんかった………」

勇者として百戦の中錬磨してきた自分がいともあっさり背後を——もといすぐ隣まで近づかれ、気づかなかったことに、メイは激しい悔しさを覚えていた。

「さ、さすが元——」

「ところで」

ブルーがなにかを口にしようとしたところで、ゼオスがそれを阻《はば》むように声を放つ。

（おっと……）

慌てて、ブルーは心中で、自分の口が滑りかけたことを知る。

さすが元勇者——と、ブルーは言いかけたのである。

今でこそ感情を表に出さない冷徹なる税天使の彼女だが、千年を超える昔、まだ人間であった頃は、メイもびっくりするほど感情豊かな人物であり、メイが現在有している〝光の剣〟の最初の持ち主——勇者、だったのだ。

（いつもいつの間にか現れて、背後を取られることが多かったが……）

あれも、なにかの天使の力なのかと思ったが、実際は、純粋に彼女の元勇者としての「技術」なのかもしれない。

（ただ、そのことはまだ、メイくんやクゥくんには話していないんだよな）

この事実を、ゼオスから直接聞いたのはブルーのみ。

「適当に言っておいてくれ」と言われたが、なかなか複雑な事情、さらに言えば、言いにくい事情もあったため、「昔は人間だった」くらいしか話せなかったのだ。

「ふぅ」

そんなブルーの心情を、無言のうちに一瞬で察したのか、「しかたありませんね」とでも言いたげな顔で、ゼオスはため息を吐《つ》いた。

「なに？　なによアンタ。なんか用事あったんでしょ？」

そんな二人の間の事情を知らないメイが、急《せ》かすように尋ねる。

「またなんかの課税？　勘弁してよ、こっちは明朗会計でやってるわよ」

「そのことではありません」

税天使に限らず、天使の降臨は、ことごとくなんらかの職務上の理由がある。

税の天使ならば、納税に不備があったこと以外にありえない。

「少なくとも、あなたがたへのものではありません」

だが、今回は、メイやブルー……魔王城に関する税金の話ではなかったのである。

「なら、なんで……？　遊びに来た、わけじゃないですよね？」

「無論です」

クゥの問いにも、眉《まゆ》を動かすことなく返す。

「むしろ今回は逆です。あなた方にお願いがあって参りました」

「お願い!?」

その言葉を聞き、メイは耳を疑った。

相手は、常に冷徹、無表情で無感情かと思わせるほどのポーカーフェイス。

いかなる時でも公私を混同せず、馴《な》れ合いを厭《いや》がるゼオスである。

その彼女が「お願い」をしたのだ。

メイにとっては、十分、驚くに値する話だった。

「ある場所への税務調査を行わねばならないのですが、少し厄介事がありまして……皆さんにご協力をお願いしたいのです」

「でも、その……いいの？」

問い直すメイ。

これが日頃の彼女なら、「なーによ。普段えらそうなこと言って、困ったときは頼ってくるの？　しょーがないわねー！」と言いそうなところだが、この日は違った。

「公私混同ってヤツにならない？　アンタんとこ、そういうの厳しいんでしょ？」

以前ゼオスは、自身の職分を超えた助力をメイたちに行ってしまったため、天界より罰を受けたことがある。

ゼオス・メルが、その態度に反して情に篤《あつ》い者だと知るからこそ、メイは案じた。

「問題ありません。これも〝ゼイホウ〟に基づき、許された範囲のものです」

「そうなの……なら、いいんだけど」

「…………」

返事を聞いてなお、まだ心配そうなメイに、ゼオスは少し複雑な顔になる。

「あなたに心配される日が来るとは」

「どういう意味よ」

「別に、なにも」

最初に出会ったときには、鬼だ悪魔だ税金取りだと、不倶戴天《ふぐたいてん》の敵のように対していた相手を、心から案じているメイ。

それこそ、ゼオスからしたら「こんな日が来るとは」と思う話なのだ。

「それで、協力ってなによ？　できることなら手を貸してやってもいいわよ」

「基本的にお礼のたぐいはできませんが、よろしいですか？」

「別にいいわよそんなの」

「おやおやおやおやおや」

今度は、あからさまに、わざとらしい顔で驚くゼオス。

「なによその顔は」

「いえ、別に」

〝銭ゲバ〟勇者のメイが、「礼などいらない」と言ったのだから、ゼオスのからかうようなリアクションもわかろうというものだった。

「どーせアンタのことだから、なんか事情があるんでしょ？」

「む……」

しかし、その後メイの放った一言に、ゼオスはわずかに動じる。

ゼオスは、一見しただけでは無情でとっつきにくく見えるが、その実、彼女はむしろ情け深いほうなのだ。

世界の根本原則〝ゼイホウ〟を正しく運用することで、地上の人々がより良い未来を得られることを、心から願っている。

それがわからないほど、メイは鈍くない。

だからきっと、今回の「協力要請」も、ただ自分の使命を果たすためではなく、誰かの……それこそもしかして、自分たちにも関わり合いのあることなのではないかと、思ったのだ。

「そう言っていただけると、こちらとしても大変助かります……お礼はできませんが、お礼は言いましょう、ありがとうございます」

嫌味でも皮肉でもなく、ゼオスは深々と頭を下げた。

「ゼオスくん、それで、〝協力〟とはなんなんだい？　僕らになにをしろと？」

「正確には、ブルー・ゲイセント、あなた個人にではありません」

ブルーの問いかけに返すと、ゼオスはクゥとメイに視線を向ける。

「え？」

「わたしたちですか？」

なにを頼まれるのか、見当もつかない二人。

「もっと正確には、〝魔族には〟ですね。あの場所には、人類種族しか入れませんので」

「なに……それって……まさか！」

その言葉に、メイは一つ思い至った場所があった。

魔族では、協力したくても絶対に近づけない場所。

人類種族でしか介入できない場所に、一つ心当たりがあった。

「はい、大神殿です」

「マジで!?」

ゼオスの口から出た言葉に、メイはこの日一番の顔で驚いた。

大神殿――それは、人類種族領の中心にある、聖地とされる場所である。

数多《あまた》の神々を祀《まつ》る巨大な神殿が存在し、狭義にはそれを指すが、多くの場合、その大神殿を中心とした都市全てを意味する。

伝承によれば、数百年前、偉大な聖者がその場所で天に召されたことから、聖地として崇《あが》められるようになったのだという。

人類種族は、魔族のように統一国家を持たないが、宗教的中心地である大神殿こそが、実質的な種族全体の首都と言ってもいい、そんな場所である。

「なんでそんなとこに……？」

「なんでと言われましても、私の仕事はなにか知っているでしょう？」

王族貴族海賊盗賊山賊まで問答無用に張り倒してきたメイでさえ畏縮《いしゅく》する、それが大神殿。

人類種族の最大権威の都。

ゼオスはそこに、税務調査をかけようとしていたのだ。

「アンタ、ホント怖いもの知らずね……」

呆《あき》れるメイであったが、冷静に考えてみれば、どれだけ多くの神々を祀《まつ》っているか知らないが、ゼオスはその中の最高神にして絶対神の名のもとに働いているのだ。

「まぁ考えてみれば、アンタがかしこまる必要はないわよね」

そう思い至るメイであった。

「って、ちょっと待ってよ。あそこって、課税の対象だった？」

冷静になると、疑問も思い浮かぶ。

大神殿が人類の最高権威たり得ているのは、神々の威光を背景とした宗教団体だからである。

「そういうとこって、税金かからないんじゃなかったの？　坊主丸儲《まるもう》けって言うじゃん」

「誤解がありますね」

宗教団体――それも法人認定されたそれは、課税されないと言われている。

そのため、多くの大衆は「聖職者は税金取られなくていいな」と、やや皮肉を込めて語ることが多い。

「そもそもなぜ宗教法人が非課税かと言うと……」

ゼオスが解説をしようとしたところで、視線に気づく。

「やりますか？」

「はい!?」

クゥが「あ、その解説はわたしの役目なのに」という顔で、ゼオスを見つめていた。

「わたし……そんな顔してましたか……」

「してましたね」

メイの疑問を解説するのがお約束になっていたクゥ、いつの間にか、体がそれを習慣化していた。

「あの、では、遠慮なく……」

やや顔を赤らめつつ、クゥが解説のバトンを受け取る。

「メイさん、そもそも税金ってなんだと思います？」

「え、それは……天界がいろんなことをするための予算にするんでしょ？」

「いえ、それは正確には異なります」

税金は、公的な機関の活動予算——と思われるが、それも正しくはない。

少なくとも、近代税制において、その考えは異なる。

「税金の最大の目的は、富の再分配、経済の流動性を生む調整装置としての機能です」

「わぁい……一気にわかりにくくなった……」

難しい言葉が出てくると、頭痛がするのか、メイは古《いにしえ》の暴虐神を封じたという、金の輪っかがはめられたような顔で、頭を押さえる。

「わかりやすく言うと、お金持ちがお金を持ちすぎると、お金が他の人のところに渡らなくなるので、それを防ぐということです」

経済とは、水にたとえられる。

上流から下流に、そして海に流れ、その間に蒸発し雲となり雨となって、また水源地に水を貯《た》める。

だがしかし、上流で川を塞《ふさ》ぎ、水を止めればどうなるか？

下流の人々が渇きに苦しむだけではない。

水源地に雨が降らなくなり、結果として上流の者も水が得られなくなるのだ。

「天界は、税の形で地上から徴収した〝実り〟の力を、様々な形で還元しています」

クゥの解説は、以前もゼオスが説明したものであった。

この世界の自然の営みすら、「税」の力によって運営されている。

それが滞れば、気候の変動から災厄など、この世の根幹が揺るがされるのだ。

「それ故に、〝ゼイホウ〟は世界の根本原則とされています」

「なら、余計に取らなきゃいけないでしょ、税金。坊さんって神さまに仕えているのに免除されるなんて、なに、身内贔屓《びいき》？」

それらの説明を聞いた上で、怪訝《けげん》な顔になるメイ。

「いえ、逆です、身内だからです」

「は？」

だが、返ってきたクゥの言葉は、大きく異なるものだった。

「神職の人たちは、神さまに仕えて、神さまの代わりに、地上でその意思を代行する人たち、とも言えますよね？」

「なるほど」

祈りを捧げ、神の教えを説き、時に人々に救済を与える者たち。

彼らは神の名のもとにおいて行動し、神の使徒を名乗っている。

「ということは、彼らから税金を徴収すれば、彼らにも再分配しなければなりません」

「むむ？」

クゥの解説に、メイは不思議な顔になる。

「税の徴収者の大本である神さまの身内に、徴収した税金が再分配されることになります。これは、税の基本方針と異なるのです」

「え、そうなるの？」

「そうなるんですよ」

組織の儲けのためではなく、公共の利益――公益性の高い事業を行う事業者の場合は、「公的な仕事を担っている」として、減税、もしくは免税される。

「そうしないと、却《かえ》って不公平になるからです」

「そうかなぁ」

なおも首をひねるメイに、クゥはたとえて説明することにした。

「メイさん、宝くじって買ったことあります？」

「ん、ああ、あるわよ」

様々な公的な機関が、販売している宝くじ。

中には、季節の風物詩となるほど、多くの人が求めるものもある。

「あれって、ただ賞金を配るためのものじゃないんです」

宝くじとは、なんらかの目的……例えば、新規の事業を行うためとか、なんらかの災害が起こった時に、被災者に補償を行うために使われる。

「例えば、そうですね……病気で困っている人のために、その治療費のために、宝くじを始めたとしましょう」

「宝くじの売上金から、治療費を差し引いた分を、賞金にするわけね」

「はい、そうです……で、一等が発表されました。賞金100万イェンです」

「うんうん」

「当せん者は、宝くじを開催する理由になった、先程病気で困っている人の方です」

「え？」

そこまで素直に聞いていたメイ、怪訝《けげん》な顔になる。

「その人も宝くじを買っていたんです。なので、治療費に加え、賞金も手に入ります」

「え、え、え、え……あ、でも……ん、ん!?」

ようやく、「再分配の構図に身内が入ることの問題」が、メイにも理解でき始めた。

「そうなんです。宗教法人から税を徴収するのは、開催側の身内が宝くじを買うようなものなんです。買った以上は賞金を受け取る権利が発生しますが、くじの本来の目的からは外れます」

「なるほどねぇ……でも、うーん」

免税の理屈はわかったが、それでもなお、まだメイは納得しきれなかった。

「お賽銭《さいせん》とか、お布施とか、そういうのはわかるわよ。まだ」

メイも、人類種族領に住んでいた頃は、多くの寺社を訪ねた。

まだ駆け出しのころ、解毒や解呪《かいじゅ》、託宣など、旅をするには不可欠なあらゆるサポートを行ってくれたし、中には宿泊施設を経営しているところもある。

だからこそ、思ってしまう。

「けっこう手広く商売やってんじゃん、あの人たち」

それらのほとんどは、無償ではなく、有償であった。

中にはかなりの高額を請求される場合もある。

それが、人類種族領全土のレベルで行われているのだ。

収入収益も膨大なものであろう。

「そこなんですよ」

だが、メイのそんな疑問も、クゥは予測済みであったようだ。

「それらは全て、宗教行為なんです」

「解毒とか託宣はわかるけど、宿屋経営とかも？」

「はい。〝旅人への奉仕活動〟という、修行の一環です」

「でもお金取られたよ？」

宿泊料はピンキリで、中にはかなり低額のものもあるが、無料はほぼなかった。

「ですから、それは、お布施なんです」

「は？」

クゥの返事に、メイはわけがわからんという顔になる。

「メイさん、寺社って、お守りとかお札とか売ってますよね」

「うん……買ったことあるよ」

各地の寺社では、お札やお守りの販売も行われている。

一般人が使用する魔物避《よ》けや、防火の守りから、プロの冒険者が使用する本格仕様の退魔のアミュレットまで様々である。

「いくらくらいしました？」

「えっと……」

クゥに問われ、メイは思い出す。

一般家庭仕様のものなら、せいぜい１０００イェンくらいだが、勇者として駆け出しの頃に購入したものでも、万単位はした。

中には、数百万、数千万イェンするものも存在する。

「まぁ一番安いものなら、５００イェンってとこかしらね」

「でもお守りって、そんな原価かかりませんよね」

「え……」

少し、メイの顔が青ざめる。

それは言っちゃっていいのかなー、アンタッチャブルなとこなんじゃないかなー、という顔であった。

「一番安いお守りとなると、木の札に聖なる印が描かれているだけですよね？」

「いやいやいやクゥ、それを言っちゃあおしまいよ？」

淡々と話すクゥに対して、メイの方がうろたえる。

「確かに、木札に紐《ひも》をつけただけのものだけど、ちゃんと聖水で洗って祈りを捧げられて、弱くはあるけど、加護もあるのよ?」

「聖水って言っても、水ですよね。祈りを捧げた……原価はかかってないですよね?」

言われれば、身も蓋《ふた》もない話だが、純粋な材料費で考えれば、500イェンどころか50イェンにもならないだろう。

「モノが売られる際には相応の価値が加わるものです。でも、お守りやお札のそれは、その範囲を超えている。適価を大きく超えた価格がついています」

別にクゥは、宗教者が暴利を貪《むさぼ》っているなどと言っているのではない。

この価格こそが、宗教法人が販売しているものが無税足り得る根拠なのだ。

「つまり、その価格分こそが、お布施なんですよ」

「なんですって?」

出てきた言葉に、メイは驚く。

「そもそもが、商取引とは根本が違うんです。参拝者がお布施をして、その返礼の品として渡されるのが、お守りやお札なんです。だからそもそも、販売ではないんですよ」

クゥの言う通り、寺社においてそれらのやり取りは、「売買」ではなく「頒布《はんぷ》」とされている。

すなわち、「お分けしている」なのだ。

「そういう理屈だったのか……んん、じゃあなんにならなら税金かかんのよ、アイツら」

その理屈で言うならば、ありとあらゆるものが「宗教行為」になるので、全部無税ということになる。

ならばやはり「坊主丸儲《まるもう》け」ではないか、メイはそう思った。

「お給金です」

だが、クゥの返事は、至極シンプルなものだった。

「基本的に思い違いをされていますが、非課税なのは〝法人〟に対してです。そこで働いているお坊さんたち個人には無関係です」

寺社には多くの僧や神職たちが勤めている。

彼らにも生活はあり、私有財産が許可されている。

僧たちの生活は修行でもあるが、生活を営む権利も持つ。

そのためには、それなりの額の給料が発生して当然なのだ。

「飲食睡眠に至るまで修行の一環といえど、それ以外にもいろいろあります。その部分を賄《まかな》うためにも、修行の一部は労働とされ、その労働に見合った給料を、宗教団体は支払っているんです」

「ってことは、つまり……」

今まで「丸儲け」と思っていた僧侶《そうりょ》たちは、皆ちゃんと、〝ゼイホウ〟に則《のっと》った納税を行っていたわけなのだ。

「ごめんなさい……」

遠い目で、空を仰ぎ、謝罪するメイ。

今まで寺社に訪れた際に、「いーよねー」と心の中で思っていた嫉妬《しっと》を、懺悔《ざんげ》した。

「さて……そこまではわかったんだが」

それまで話を聞いていたブルーが手を挙げる。

「そんな宗教団体……大神殿が、税務調査の対象となったということかい？　そして、その調査のために僕たちの協力が必要ということだが……その説明がほしい」

ようやく、そもそもの話のきっかけに戻った。

「大神殿の運営自体には非課税、だが個人の給金には税が課せられる……大神殿にいる誰か特定の人物に、なんらかの脱税の疑いがあるということかな？」

ここまでの話の流れならば、そう思うのが適当であろう。

だが、ゼオスの答えは異なった。

「いいえ、違います。大神殿そのものに、なんらかの脱税の疑いがあるのです」

ゼオスが調査対象としているのは、大神殿そのものの、組織的脱税であった。

「だが、先程からの話を聞いていたならば、宗教法人の活動は、大半が〝宗教行為〟となるのだろう？　ならば……」

「それでも例外はあります。もっといえば、無制限の無法を許しなどしていないということです」

　ゼオスの顔が、わずかに厳しくなる。

「現在、大神殿にかけられている疑いは、大規模な資金洗浄です」

「シキン……センジョウ……？」

　出てきた新たな言葉に、メイは戸惑う。

　さすがに彼女も、今までいろいろ経験を積んできた。

　多分、自分が今思っていることとは違うだろうなーというのは、なんとなくわかった。

「メイくん、お金を物理的に洗うことじゃないよ？　確かに、硬貨とか、すごく汚れているのあるけど」

「わかってるわよ、だから言ってないじゃん!?」

　ブルーに先んじてツッコまれ、メイは心外なとばかりに怒鳴り返す。

「汚くてもきれいでも、お金は変わんないわよ。それくらいわかるっての！」

「………………」

「え、なに、変わるの？」

　憤慨するメイであったが、クゥが言いにくそうな顔をしているのを見て、不安になる。

「それがお金は決して額面通りのものとなるとは限らず、鐚銭《びたせん》というのがありまして……」

「ビタセン？」

「あ、いえ、止《や》めておきましょう。話が横道にそれちゃいますから」

言ってから、慌ててクゥが発言を撤回する。

横道にそれすぎということもあるが、これ以上複雑なあれこれを話せば、メイの許容量を超えると判断したのである。

「そのうち、機会を見てご説明します」

「ふーん」

メイもまた、「クゥがそう言うなら」と、それ以上は掘り下げなかった。

「資金洗浄とは、わかりやすく言えば、非合法な手段で得た金銭を、表立って使えるようにすることです」

税制度において、「お金をどれだけ使ったか」以上に「どれだけお金を手に入れたか」も重要視される。

収支の結果が課税額を決めるのだから、当然である。

「非合法な手段……例えば、違法な品の売買、違法な取引で得た金銭、そういったものは、当然表に出せない以上、会計に上げることができません」

「そらそうよね、バレたら捕まるお金を、入金記録なんて残すバカはいないわよね」

ゼオスの解説に、メイは笑って返す。

「ですが、〝入金の証拠を残せない〟ということは、〝使うことができない〟ということでもあるのです」

「え？　なんで？」

「帳簿の計算が合わなくなるでしょう？」

「え〜？」

理由を聞いてなお、メイは納得がいかなかった。

帳簿に記さなくても、こっそり使ってしまえばいいではないかと思ったが、話はそう単純ではない。

「メイさん、魔王城もそうですけど、なにかを買ったりした場合は、その金額も記載しないといけないんです。計算が合わなければ、それこそ違法行為がバレてしまうんです」

クゥが横から加わる。

お金が勝手にどこかから湧《わ》いてくるわけではない。

収入を記帳すればバレる。

しかし、記帳しないで金を使えば、計算が合わなくなる。

「なにかを買った事実を、内緒にしていればいいじゃん」

誰もが思う疑問の答えをメイは呈したが、クゥは首を横にふる。

「その、買った相手の帳簿に、入金が記録されるんです。誰にもバレないようにするのは難しいんですよ」

もし、表に出せない金でなにかを購入し、その事実を隠蔽《いんぺい》しても、販売した相手の「入金記録」に残ってしまう。

「販売した相手は、お金が支払われた事実は間違いないのですから、ゆるがせようがありません。なのに、購入した方の数字が合わなければ、それでわかってしまうんです」

「えええ〜………じゃあ、せっかく悪いことをして金を手に入れても、使いようがないじゃない」

メイの感想が、なにげにことの本質を突いていた。

違法な手段で金を得ても、それを使えないようにすれば、防犯効果ももたらすことができる。

〝ゼイホウ〟には、そういった側面もあるのだ。

「あ、そういえば……昔、森の中で、1億イェン分の金が入った宝箱が見つかったって、大騒ぎになったのよね」

ここまでの話で、メイはふと、自分が生まれる前にあったという奇妙な話を思い出す。

「拾ったのは木こりのおじいさんだったんだけど、怖くなって役所に届け出て、役所も落とし主を探したんだけど……」

「どうなったの?」

「誰も現れなかったわ」

ブルーに問われ、お手上げ、という風に両手を上げる。

「おそらく……なんらかの違法手段で大金を得たはいいものの、使うことができず、それどころか、持っていればいつ犯罪があきらかになるかわからないため、捨てたんでしょうね」

「ほえー」

クゥの答えに、メイは呆《あき》れた顔になる。

本末転倒もいいところであった。

「あれ……ってことはさ」

さらに、メイは思い至る。

「アタシ……勇者としてあちこち旅してて、たまに洞窟《どうくつ》とか、廃墟《はいきょ》とか、地下ダンジョンとかで、『なんでこんなとこに？』って場所に、大金があったりしたんだけど……」

「もしかしてそれも……そうだったのかもですね」

苦い顔のクゥ。

まともに使えば足がつく。

手元においても足がつく。

しかし、捨てるにしても忍びない。

「もしかして、魔物もうろつくダンジョンに置いておいて、時間が経ってから、素知らぬ顔で善意の発見者として回収しようとしたのかもしれませんね」

魔物の中には、知能が野生動物と変わらないレベルの者も多く、そもそもが「銭金」を理解していない者もいる。

命の危険はあるが、金を奪われる危険は少ない。

ある意味で、隠し場所としては最適である。

「その前に取られちゃったわけだね、メイくんに」

「取られるようなことするやつが悪い」

なんとも言えない顔のブルーに、メイは胸を張って返す。

「そうならないために違法者が行っているのが、資金洗浄、マネーロンダリングと言われる、やはり違法行為なのです」

話を戻すゼオス。

「それを、大神殿が行っていたってこと?」

「はい」

メイに問われ、ゼオスはうなずく。

「宗教行為の名目で、大規模な資金洗浄に手を貸していた疑いがあります」

それこそが、ゼオスが大神殿に向かう理由であった。

「なので、私に代わって大神殿に向かい、調査を行っていただきたいのです」

ようやく事情が判明したが、だからこそ、さらに疑問が浮かぶ。

「あのさぁ……それはわかったわよ。でも、なんでアンタが入れないのよ」

メイの疑問は、もっともなものであった。

大神殿には都市全てを覆う聖なる結界が張られており、人類種族以外は入れない。

したがって、「ブルーではなく、メイかクゥに協力を願う」のはわかる。

だがそもそも、ゼオスは天使である。

聖なる結界の力の源である神々、その最高位に位置する絶対神の使いなのだ。

「アンタなら、下手な低級の神より神聖さでは上でしょ？　なんで自分で行かないのよ」

公私混同を嫌うゼオス。

それは、相手が同じ天界の者とて同様。

〝ゼイホウ〟において、「身内」と定義され課税を免れる大神殿であっても、彼女は容赦なく調査を行い、職務を執行するだろう。

「行こうと思ったのですが、追い返されましてね」

メイの質問に、ゼオスは隠すこともなく答える。

「誰に……？　アンタを追い返せるなんて、人類種族……いや、魔族だって無理でしょ」

勇者と魔王の二人がかりでも、ゼオスを撃退することはできない。

大神殿の神官や僧兵たちが束になってかかっても、ゼオスには毛ほどの驚異にもならない。

そうなると、答えは一つしかない。

「天使ですよ。大神殿を守る天使が、税天使の私の立ち入りを拒んでいるのです」

それは、今から三日ほど前のことであった——

トトの協力を得て、この三百年分の世界中の納税記録を洗い直したゼオスは、ついに、税悪魔ノーゼの足跡を見つける。

それは、本当にわずかなものであった。

添付された証明書類に小さく書かれたノーゼの名。

「アストライザーの目」とさえ呼ばれる査察天使でなければ、見つけることはかなわなかっただろう。

(トトに、借りができてしまいましたね……)

手がかりを見つけたゼオスは、その地へと急行した。

そここそが、聖地大神殿。

人類種族の中心とも呼ばれる都である。

(ノーゼはこの数百年、あちこちで暗躍をし、大規模な脱税指南を行ってきた)

証拠は残されていないが、各所で明らかになる大規模脱税事件の背後に、つねにあの悪魔の尻尾《しっぽ》が見え隠れしていた。

(でも、その核心は、どうしても得られなかった……)

脱税は、ただすればいいものではない。

脱税行為によって得た莫大《ばくだい》な違法な金。

それはそのままでは、使うことはできない。

極論、銀行に預けることもできない。

なぜなら、怪しい大金が預金された場合、銀行は通報を行う義務があるのだ。

これは、〝ギンコウホウ〟によって定められている。

ノーゼの誘惑に乗り、脱税を行った大商人や貴族、さらには国家レベルで行っていた者たちは、それによって得た金を、どのようにして「使える金」にしたのか――

（その鍵《かぎ》こそ、大神殿にあるはずです）

悪魔が聖地を利用していたなど、冗談のような話だが、だからこそありえる。

人間であった頃、〝ゼイリシ〟の一族……クゥと同じ、ジョ一族であった彼女ならば、それくらいは思いついてもおかしくない。

「見えて……きましたか……」

空を舞い、巨大な城塞《じようさい》にも似た聖堂都市「大神殿」が視界に入る。

まずはどのようにして調査すべきか。

大神殿を統率する大神官か、その下にいる十三人の神官長のいずれかの前に現れるか。

「ん………？」

今後の計画を練りながら飛んでいたゼオスであったが、なにかの異変を感じる。

「くっ……!」

その直後、彼女の全身に衝撃が走る。

目の前にはなにもない。

大神殿まであと少しという空域に入ったところで、「見えないなにか」が、彼女の体を押し戻した。

「これは………結界!?」

常人にはわからないが、天使のゼオスにはわかった。

空間に、巨大な、都市一つ覆うほどの超巨大結界が展開され、彼女の侵入を阻《はば》んだのだ。

「なぜ、大神殿の結界が私を阻むのです……?」

大神殿には、古来より邪悪なる者を退ける結果が張られている。

かつて、魔王ブルーの家臣であった魔族宰相センタラルバルドは、自分の邸宅に聖柱結界と呼ばれる結界を展開し、他者の潜入を禁じた上で陰謀を巡らせていたが、これはそれとはさらに異なるものだった。

「天界の結界……天使の力!!」

たとえ聖柱結界でも、天界の使者たる天使は拒めない。

特に、〝ゼイホウ〟を司《つかさど》る彼女の来訪を拒めるものは、〝ゼイホウ〟が根本原理として働くこの世界において、ありえない。

絶対に――

「まさか……あなたですか！　カサス・ルゥ!!」

しかし、なんにでも例外はある。

ゼオスが叫んだ直後、その男は現れる。

「おやおや、誰かと思えば税天使のゼオスか？　なに用かな」

現れたのは、整った顔立ちときびしい眼差《まなざ》しの、どこか鋭い刃を思わせる長身痩躯《そうく》の青年。

だが、そんな身体的特徴よりはるかに、彼の所属を雄弁に語るものがあった。

「この認天使カサスが守護する大神殿に、いかなるご用事かと聞いている」

青年の背中に生えた、一対の翼――……彼もまた、天使であった。

「用事……聞きますか？　税天使が訪れたのです。税務に疑問点があり、調査のために決まっているでしょう」

ふてぶてしく、どこか相手を見下すような態度のカサスに、ゼオスは告げる。

本心では怒鳴りつけたかったところだが、かろうじて自制した。

「天使の職務は、アストライザーより命ぜられたもの。それを妨害するとは、アストライザーへの侮辱と受け取られても言い訳できませんよ」

静かに、しかし怒りを込めて言うゼオスに、カサスは肩をすくめながら返す。

「おお怖い怖い……俺はお前の仕事を妨害しようなんて思ってないさ。むしろ協力してやってもいい」

「ならばさっさと――」

「大神殿に脱税を疑われるような事実はない、以上」

そこを通せ、とゼオスが言うより先に、カサスは断じた。

「なっ――」

ゼオスが、常に冷静沈着な彼女が、思わずこめかみをひくつかせるほど、怒りを覚える。

「忘れたか税天使、俺は認天使だ。俺はこの世界の組織や集団の税務を監視し、認証することが使命だ」

ふぁさと、わずかに翼をはためかせ、カサスは近づく。

「俺が、〝問題ない〟と言えば、問題ないんだ。税天使ごときが、それを覆せると思ったか？」

「そんな……そんな一言で、納得しろと？」

ゼオスは睨《にら》み返すが、カサスの薄ら笑いは消えない。

「覆したければ、相応の証拠を持ってこいよ。さもないと……お前は俺の仕事を妨害したことになるぜ？」

ニタニタと、歯をのぞかせ、カサスは笑う。

「それはアストライザーへの侮辱になるんじゃないかなぁ？」

今さっきゼオスの言った言葉を、そのまま返す。

相手の神経を逆なですることに特化したような物言いであった。

「帰れよゼオス・メル。俺がいる限り、この大神殿は、招かれざる者は入れん。そのように結界を張った、お引き取り願おう」

天使であっても、阻《はば》むことを可能とする結界はある。

それこそ、天界の力を持って編まれたそれである。

認天使カサスの職分は正当であり、ゼオスを拒むのも正当。

だが――

「これでは、フェアではない……」

大神殿の税務に怪しいところがあるため、証拠を見つけるべく、調査のために訪れたのに、

「証拠がなければ大神殿には入れぬ」と言われたのだ。

「どうしても調べたいのなら、俺が納得する〝調査するに足る理由〟を教えてもらおうか、ものによっては、通してやらんこともない」

「くっ……」

勝ち誇るカサスを前に、ゼオスは奥歯を噛《か》む。

現状、疑いに足る理由は一つ。

「大神殿の会計に、税悪魔ノーゼが関与していたと思われる」ということのみ。

いやそれすらも、かなり小さく「関与してたんじゃないかなー」程度のもの。

いかに天の敵対者ノーゼが関わっていたと言っても、これでは証拠にはならない。

「どうしたのかな税天使、噂《うわさ》に聞く冷静沈着さとはその程度かな?」

それを知ってか知らずしてか、カサスは笑う――否《いな》、嘲笑《わら》う。

「ならばよかろう、改めて言う。お引き取り願おう」

「くぅ……」

二度にわたって退去を命じられながらも、ゼオスは納得がいかず、拳《こぶし》を握るのみであった。

「おやおや、こっちの言葉が理解できなかったか?　なら、もっとわかりやすく言ってやるよ」

カサスはこれでもかというほど憎たらしい笑顔で、〝三度目の退去勧告〟を行う。

「さっさと失《う》せろ」


「――ということがありましてね」

「「「…………」」」

ゼオスより、大神殿に入れない理由を聞き、メイもクゥもブルーも言葉を失い、まさに「絶句」の有様だった。

「アンタが、手も足も出ないで追い返されたってこと?」

「はい」

素直に認めるゼオス。

メイには信じられない話であった。

こと税に関することにおいて、彼女以上の〝強さ〟を持つ者はいないと思っていただけに、それ以上の強敵がいたことが、ただ驚きだったのだ。

「信じらんない……なんなの、その〝認天使〟って……」

「〝コウニンカイケイシ〟のことでしょうか」

「なにそれ」

クゥの言葉に、メイは問いなおす。

「〝コウニンカイケイセイド〟……えっと、大きな集団や組織ってありますよね？　そういったところの、会計業務を、第三者が監査する制度です」

「つまり……目付けのようなものかい」

「はい、近いですね」

ブルーに問われ、クゥはうなずく。

目付けとは、戦場において、将兵たちの働きぶりを監視する役目を担った者のことである。「敵前逃亡をしなかったか」「手柄首を自分の手で挙げたか」などを確認し、彼らの証言が、正しい論功行賞のための判断材料になる。

そこから転じ、平時においても、怠けずにちゃんと働いているか、不正な行為を行っていないかを監視する役職となる。

いわゆる「お目付け役」の語源である。

「組織の会計状態が健全で、間違いがないかチェックし、それを公に認める存在です」

なんらかの組織……例えば、複数の出資者をもとに経営されている企業があったとしよう。

しかし、正しい経理が行われておらず、実際は大損しているのに、儲《もう》けが出ているように装っていたとしたら、出資者側には大問題となる。

「組織が正しく運営されているか、経理・財務の面から監視する人たちです。彼らが認証を下すことで、出資者は公正な判断の下、出資を行うことができます」

「なるほど……前回のような事態を防ぐ存在なわけだね」

ブルーが言った「前回」。

元魔族宰相であったセンタラルバルドが、魔王城乗っ取りを企《たくら》んだ事件である。

その際、彼は莫大《ばくだい》な資金を得るべく、自分の行っている取引が、さも絶大な利益をもたらすかのように偽装していた。

「そうです、〝フンショクケッサイ〟と呼ばれる事態を防ぐ存在でもあります。ですが……」

〝コウニンカイケイシ〟の役割は、それだけではない。

「経理財務を監査するということは、当然、納税も監視します。彼らは、自分の監視対象者が

『正しい納税をしている』と公に認める者でもあるのです」

「ということは、逆に言えば……」

「はい、〝コウニンカイケイシ〟が、公的な認証を下した者には、しかも、天界の認天使が下されたのなら、税天使のゼオスさんでも、簡単には手出しできなくなるのです」

ブルーの推測に、クゥはうなずく。

「あれ、ちょっとまって、そこまで聞くとさぁ」

そこまでの流れを横で聞いていたメイ。

ふと気づいたとばかりに手を挙げる。

「ってことは……どっちかって言うと、税金を納める方の側の人ってこと?」

「まぁ、そういう見方も……」

メイの質問に、クゥは言葉を濁しつつ返す。

「んじゃ、前の税務調査食らった時とか、その前にコーニンなんちゃらっての雇ってたら良かったってこと?」

「そういうことに、なりますね……」

少しばかり、クゥの顔が苦くなる。

〝ゼイリシ〟の一族、最後の一人のクゥ。

だが、彼女が魔王城で行っている職務は、もはやいちゼイリシの職分を超え、最高財務責任者とも言える領分にあった。

その中には、本来なら〝コウニンカイケイシ〟が行うべきことも入っている。

なぜ魔王城が雇っていなかったかと言うと、存在を知らなかったからという以外理由はないだろうが、もしもゼオスではなくカサスが降臨していたならば、ここまでの様々な流れは、大きく異なっていただろう。

「そっかぁ……ってか、話聞くと、税金納める方からしたら、そのカサスってヤツのほうがイイもんっぽいわね」

感慨深い顔で、ついうっかり、メイは口を滑らせる。

ゼオスが降臨し、一兆イェンの追徴課税を課せられたあの時の恐怖は、メイの骨身にしみている。

今では友情に近いものも育《はぐく》んだとはいえ、やはり、彼女にとって、〝税天使ゼオス〟はおっかない相手なのだ。

だからつい、言ってしまった。

「め、メイくん!?」

「メイさん、それは……」

顔を青ざめさせるブルーとクゥ。

二人とも、メイに悪気がないのはわかっている。

「え？」

二人の動揺に気づき、ゼオスの方を振り返るメイ。

「…………」

「ひっ――――!?」

そこに、〝天使〟はいなかった。

普段、冷静沈着で、無表情なほどのポーカー・フェイスなゼオス。

しかし、決して無感情ではない。

むしろかつては、メイをも凌《しの》ぐ、やんちゃだった時期がある。

「ご、ごめんなさい！　ごめんなさいごめんなさい!!!」

凄《すさ》まじいまでの怒気を放つゼオスを前に、メイは怒れる神に許しを乞《こ》うがごとく謝る。

「なにを謝罪しているのです？　私がなにか言いましたか？」

「ごめんなさいごめんなさいごめんなさい」

ゼオスはなにも言ってない。

だが、カサスに退けられ、己の税天使としてのプライドを傷つけられ、そのことは、彼女にとって、かなりデリケートな部分だったのだ。

「私の顔になにかついていますか？　なにを怯《おび》えているのです？　怯えるようなことをあなたはしたのですか？」

「すいませんすいませんマジごめんなさい!!!」

ひたすら謝るメイに、ゼオスはこんこんと詰める。

ここで、いつものような無表情なら、メイもここまで怯えなかったかもしれない。

だがこの時、ゼオスは微笑《ほほえ》んでいた。

人は真に怒った時、笑顔になると言ったのは誰だったか。

「ゼオスくん!? 本人も、反省しているから!!」

「ゼオスさん！　許してあげてください！　どうか御慈悲を！」

一緒になって、ブルーとクゥも謝る。

「怒ってないですけどね」

ようやく、怒りの矛を収めるゼオス。

「ああ、怖かった……」

未《いま》だ心臓を激しく鼓動させながら、メイは息を吐く。

「まぁ、そういう事情があるのです」

改めて、ゼオスは本題に戻る。

認天使カサスが認めぬ限り、ゼオスは大神殿に入れない。

なので、人類種族のメイとクゥに協力を要請したのである。

「はぁ……ええっと、でもさぁ、そりゃ人類種族なら大神殿に入ることはできるだろうけど」

そこまで理解した上で、メイは言った。

入ることはできる。

少なくとも、結界に邪魔されることはない。

だがだからこその問題があった。

「どういう理由付けで行くのよ。参拝客でも装えっての？」

ただの民間人なら、それも可能だったろう。

だが、メイは元々勇者として、クゥは魔族領の財政を取り仕切る者として、それなりに顔と名が売れてしまっている。

カサスも二人のことは知っていると思って間違いないだろう。

「そのまま行けば、確実に警戒されるわよ。自然に訪れる理由がいるわ」

メイは、決してバカではない。

むしろ、ソロ勇者として、単独で生き抜いてきたからこそ、こういった場面での目端は利くほうなのだ。

「そうですね……」

そこまではゼオスもまだ考えていなかったようで、口元に手を当て思案している。

「あの……」

そこに、クゥがおずおずと手を上げた。

「いい方法が、あるんですが……」

税悪魔ノーゼの陰謀を暴くため、認天使カサスの妨害をくぐり抜けることが必要となったゼオスへの助力――そこからさらに、事態はややこしくなる展開を、迎えようとしていた。

第三章

融資のお願い

人類種族、魔族、さらにその他様々な少数種族を内包する大陸。

その北の果ては、「極北」と言われている。

曰《いわ》く、そこは一木一草も生えぬ、不毛の地。

一切の生物の生存を許さぬ、極寒の地であり、星と月のめぐりすら歪《ゆが》み、太陽すら年に一度しか昇らず沈まない。

その地からいくらか南に下り、生命が生存できる限界の地帯が「北限」と称されている。

生存できると言っても、「かろうじて」である。

こんな場所で種族単位での生活が可能なものなど、数えるほどしかいない。

いや、実質一種しかいない。

それが、ドラゴン族。

そこは、ドラゴン族の里、北限の地、カイヤマナ。

その地に、突如として、彼ら三人が現れる。

爆音と爆煙を巻き上げて、荒れ地に着地したのは、勇者メイと魔王ブルーともう一人であった。

「さむー！」

到着直後、メイは体を震わせ叫ぶ。

さすがは北限、極寒極暑を耐えきる鱗《うろこ》を持つドラゴン族の住処《すみか》である。

いかに人類最強の肉体を持つメイでも、この寒さはこたえるものがあった。

「大丈夫かいメイくん？　ちゃんと、備えはしたのにねぇ」

心配そうに声をかけるブルー。

この地に訪れるにあたって、メイは各種防寒具の他に、耐寒の護符などを複数装備してきたのだが、それをもってしても「真冬に半袖《はんそで》」くらいの体感温度だった。

「アンタは大丈夫なの？」

「この鎧《よろい》ね、対魔法並びに耐熱耐寒仕様なんだ」

「初めて羨《うらや》ましいと思ったわ」

ブルーの髑髏《どくろ》兜《かぶと》の全身鎧は、ただのハッタリではない。

防御力も高いが、毒や呪《のろ》いも含めて、これら温度変化にも高い耐性を有しているのだ。

「さて……じゃ、どこ行きゃいいの？」

「なに、ほっといても向こうから来よるわ。派手な到着をしたからな」

答える〝三人目〟。直後、彼の言う通り、土煙を上げて、ドラゴンの群れが迫る。

「やれやれ……ヒマな連中だ。普段は悠然を気取っているくせに、退屈をもてあましているから、なにか起こるとすぐに騒ぎ出す」

ややに呆《あき》れたようなため息を吐《つ》いた〝三人目〟──それは、人型をした邪竜卿《きょう》だった。

「長よ、これはどういうことだ！」

「何故によそ者を連れてきた！」

「しかもなんだその姿は、はしたない!!」

現れる巨大なドラゴンたち。

その中には、邪竜卿のドラゴン形態よりも大柄な者もいる。

（ドラゴン族は年を経るほど巨大になるっていうから、こいつよりも年上なのかしらね）

その群れに対峙《たいじ》しながらも、メイの態度は変わらない。

まともな人間なら、一頭を前にしただけで震えて動けなくなる圧迫感を持つドラゴンだが、倒そうと思えば倒せる分、怒ったゼオスよりもはるかにマシなのだ。

「どういうことだイタクよ！　説明せよ！」

ひときわ大きな──すなわち、長老格と思わしきドラゴンが叫ぶ。

「イタク？」

「我が名だ」

メイの質問に、邪竜卿──イタクは返す。

「あまり表ではその名で呼ぶなよ。他種族に真名を呼ばれるのはあまり好まれんのだ」

言外に、「別に大したことではないと思うのだがな」という意を含んでいた。

種族や部族、民族において、「名前」には様々な価値観がある。

ドラゴン族のように、「真名」と呼ばれる「自分の真の名前」は、両親や族長など、よほど信頼をおいた者にしか呼ばせず、それ以外の者が呼べば侮辱と判断する習慣の類《たぐ》いは、人類種族にもある。

「落ち着け同胞たちよ！　ここにおられるは、魔王ブルー・ゲイセント陛下だ！　控えよ！」

「「「むっ！」」」

イタクが、ドラゴンたちを一喝する。

ドラゴン族は高位の魔族だが、種族単位で魔王家に臣従している。

よそ者を嫌う彼らでも、来訪を拒むことはできない。

「あと、隣にいるのは……」

ちらりと、メイの顔を見つつ、イタクは言葉を選ぶ。

「その奥方の、メイ・サーだ……」

「「「え？」」」

一瞬の沈黙の後、ドラゴンたちは蜂《はち》の巣をつついたように騒ぎ出す。

「な!?　ゆ、勇者メイだと!?」

「これが、あの!!!」

「全員に知らせろ、いくさがはじまる!!!」

並み居る山のような巨体の竜たちが、一瞬にして慌てふためき、臨戦態勢に入った。

「キミは………ドラゴン族にさえもこれかい……?」

今までも同様のことは幾度かあったが、まさかドラゴン族からもこの対応をされるとは思っていなかったブルーは、呆《あき》れたような感心したような顔になる。

「いやーはっはっはっ」

それに対して、メイはどこか照れくさそうに頭をかいている。

〝銭ゲバ勇者メイ〟の二つ名は、人類種族のみならず魔族にも知れ渡っており、「とにかく強い」「とにかく欲深い」「通ったあとにはぺんぺん草も生えない」と、凄《すさ》まじい悪名なのである。

「ドラゴン族ってさぁ、財宝とかレアアイテム守っていること多くて、その、自然とね……?」

その中でも、ドラゴン族は、「被害者」となることが多かったようであった。

「お、落ち着け!　落ち着け!　メイ・サーは我らを滅ぼしに来たのではない!　聞け!」

言外に「うろたえてもしゃーない」という感情を含ませつつ、イタクは同胞たちを収める。

「聞け!　先のミスリル鉱山の開発に際し、汝《なんじ》らが我に出した条件を憶《おぼ》えているか!」

ドラゴン族の領内で発見された、ミスリル鉱床の鉱山開発。

それに対して、彼らが出した条件は、「経営は同族が行う」であった。

「それを我は果たしたのだ」

「なに？」

イタクの言葉に、ドラゴンたちに、また別の動揺が走った。

「長イタクよ！　もしかして、汝は……」

ドラゴンに、鉱山の経営などは不可能。

そこでイタクが、「経営ができそうな人材を嫁として一族に入れるべく、嫁探しに向かった」ことは、彼らも知っていた。

その上で伴われて現れたのが、メイである。

「いやお前、それはダメだって！」

「他にいるだろ他に!!」

「ワシらのためではない、お前のために言ってんだぞ！」

全員、それまでの威厳あふれる「ドラゴンっぽい」口調をかなぐり捨てて、真っ青な顔でイタクに詰め寄る。

「どーゆー意味だどーゆー」

ピクピクと頬《ほお》をひくつかせながら、メイがツッコむ。

どうやら彼らは、イタクが嫁に選んだのはメイだと思ったのだろう。

悪名高き〝銭ゲバ〟勇者を一族に迎えるなど、ドラゴン族の終わりの始まりである。

「すまなかった長イタクよ！　俺たちはお前を追い詰めすぎた！」

「せめて、一言相談してくれれば……！」

ついには、長であるイタクの乱心を案じる始末であった。

「お、落ち着け……さすがの我もそこまで正気失ってない！」

「んだこら」

「ごはっ!?」

とっさに放ったイタクの一言に、メイは蹴《け》りをもってツッコんだ。

「あー、ドラゴン族の者たちよ、落ち着かれよ。思い違いだ」

さすがにこの混乱を見ていられなかったブルーが介入した。

「僕とメイくんは、立会人というか、証人のようなものだ。ああ、そうそう、仲人だよ」

「ナコウド……？」

きょとんとするドラゴンたち。

彼らの習慣にはないのだろう。

結婚する両者の間を取り持つ、世話人のことである。

たいていは、職場においての上司などが行う。

「邪竜卿《きょう》イタクの結婚の見届けと証明を、キミたちにするために、僕らは来たんだよ」

「なんと、ならばその嫁御はどこだ？」

「ええっと……」

人というものは、最初に最悪のケースを提示されると、「コレに比べればなんでもいい」という状態になるものである。

それはドラゴンでも同じだったか、むしろ希望にすがるように「メイ以外の人間の嫁」を求めていた。

「その、彼女はいまいなくてね、別件があって」

なので、ブルーとメイ、魔王と勇者がここに来たのだ。

ただ単に口約束ではなく、この二人が証明することで、「嫁の不在」の穴埋めを行っているのである。

「我らが長の嫁御が不在とは、どこにいるのだ?」

彼らからすればもっともな疑問であった。

「それは、ええっと……大神殿に行ってます」

今ここにいない、〝ゼイリシ〟の少女、クゥを思いながら、ブルーは告げた。


「北限」にあるドラゴン領からはるか遠く。

人類種族領の中心地にある、大神殿へと連なる街道を、クゥは一人歩いていた。

歩む道のはるか先に、大神殿の尖塔《せんとう》が見える。

「思ったよりずっと早く着きましたねぇ」

馬車数台が横並びで走っても、なおおつりが来るほどの道幅。

これだけでも、大神殿がどれだけ繁栄し、多くの者が行き交っているかがわかる。

「おっきいなぁ……わたし、大神殿に来るの初めてなんです」

一人歩きながら、クゥは言う。

大神殿は、この大陸の人類種族が崇《あが》める全ての神を祀《まつ》っている。

火の神、風の神、知恵の神に戦いの神、当然その中には、絶対神たるアストライザーもいる。

「大神殿に来れば、全部の神さまをお参りできるんですね」

多くの神々は、様々な国や民族が主神として崇め、中には自分たちの祖神としている場合もある。

この大神殿の中に祀られるということは、それらの国々もまた、人類種族という国際社会の一員に認められたという証《あかし》でもある。

大神殿が、ただの宗教的中心地ではなく、実質的首都としての役割ももつのは、そういった事情もあるのだ。

「さて、と……」

さらに、街道を進むクゥ。

どんどん近くに見えてくる大神殿。

ゼオスの話が確かならば、そろそろカサスの張った結界の範囲内である。

「………」

緊張しつつ、一歩一歩進む。

その歩みが、止められるようなことはない。

どうやら、上手《うま》くいったようである。

「ふぅ、良かった……結婚までしたかいがありました」

ホっと胸をなでおろす。

さらに数分、数十分、一時間近く歩き、ようやく大神殿の正門にたどり着く。

「ようこそ大神殿へ」

巨大な正門には、白銀の鎧《よろい》をまとった聖堂兵たちが並んでいた。

彼らは、大神殿を守る兵士たち。

とはいえ、大神殿に攻め込もうという国などほとんどないので、実質的には街の警備員という方が、ニュアンスとしては近い。

「参拝ですか、お嬢さん」

兵士たちは皆ほがらかで、優しい笑顔を浮かべている。

強固な武装を纏《まと》いながらも、あくまで信徒たちの味方であるという演出なのだろう。

それも「大神殿は来る者を拒まない」という名分があるからだ。

しかし、それでも無制限無秩序というわけではない。

人類種族が信仰する数多《あまた》の神々を祀《まつ》っているということは、特定の神を熱心に崇《あが》める者にとっては、看過できないことも起こる。

例えば、自分の信仰する神を祀った聖堂の位置がおかしいというだけで、人死にも出かねない騒動が起こるのだ。

「なにか、身元を証明できるものをお持ちですか？」

兵士が、クゥに尋ねる。

諸般の事情ゆえに、行われるやり取り。

この場合提出を要求されるのは、大抵の国の大抵の役所で発行される、身元証明書だ。

どの国の国民で、どの街の住人か、さらに年齢と氏名などが書かれている。

「お見せしないといけませんか？」

「いけないというわけではないけど、その場合は、入れるところが一番外側だけになるんだ」

相手がまだ幼さの残る少女なクゥだからか、聖堂兵は申し訳なさそうに言う。

大神殿は巨大な都市である。

その構造は外周から最深部へと多層に重なっており、身分の証《あかし》のできない者が入れるのは、最外部の市街区域のみ。

ここからでも参拝は十分に行えるし、土産物を売る商店や、宿屋、食堂なども利用できる。

要は、「観光客向け」エリアである。

「そこから先に入るには、身分証が必要なんだよ。保安上の関係でね」

困ったような顔の兵士。

おそらくは彼も、「考えすぎだろう」と思っているのだろう。

こんなあどけない少女が、なにかしら大事を持ち込むことなどないと思っている。

むしろ、一人でここまで旅してきたであろう彼女に、薄情なことをしてしまっていると、どこか罪悪感すら抱いている、そんな顔であった。

「わかりました。ではどうぞ」

「なんだ、持っていたのかい……え？」

クゥの渡した証明書を見て、兵士は安堵《あんど》の笑顔になった……直後、その顔が固まる。

「あの、君、これは……」

兵士は震えていた。

わなわなと、ではない。

ガタガタと、信じられないものを目にしたように震えていた。

「住所は魔族領魔王城……証明発行人、魔王ブルー・ゲイセント……種族は、ドラゴン族!?」

「はい！　ドラゴン族の、クゥ・ジョといいます。はじめまして」

真っ青な顔で脂汗を流す兵士に、ドラゴン族の長、邪竜卿《きょう》ことイタクと三日前に結婚し、ドラゴン族の一人となったクゥは、左手の薬指にはめられた指輪を見せ、にっこり微笑《ほほえ》んだ。

三日前――ゼオスの大聖堂調査のための協力を了承したクゥは、一つの提案を持ちかけた。

「普通に大神殿に入ろうとしても、行けて一般参拝客の方たちの入れるところまでです」

そこより先のエリア……それこそ、ゼオスが調べたい、大神殿の財務を司《つかさど》る部署があるところまでは、人類種族でも部外者立入禁止であろう。

「でも、部外者でも、用件があれば入れますよね」

「そりゃ道理だろうけど……用件ってなによ？」

クゥがなにを思いついたのかわからず、メイは尋ねる。

「大神殿の慈悲にすがるんです」

「慈悲ィ？」

「………」

メイはなおもわからないという風に首を捻《ひね》るが、ゼオスはその真意をつかみ取ったのか、ピクリと目の端が上がる。

「はい、大神殿には人類種族領の各国から膨大な量のお布施が集まっています。その額は、おそらく魔族の国家予算並み……」

「そんなに!?」

驚くメイだったが、話には続きがあった。

「それが、ほぼ毎月」

「毎月分で国家予算!?」

年間にしていくらくらいになるのか、メイには想像もできなかった。

いかに産業基盤が貧弱な魔族領といえど、それでも、人類種族の国ならば、中の上くらいの予算規模はある。

それが毎月である。

さらに言えば無課税なのだ。

「はえええ〜」

「そのお金は、当然大神殿の運営費に使われ、さらに働く人々のお給料や、あとは、助けを求めてきた人々への施しに用いられます」

へなへなと崩れ落ちるメイに、クゥはさらに解説する。

人類種族の中心とも言われる場所である。

その運営費だけでも莫大《ばくだい》だろう。

だが、さらに多くの慈善事業を行ったとしても、まだなお使い切れない額が残る。

「そしてさらに、〝慈悲の恵み〟として、求める者に分け与えています」

「へー、気前いいわね」

「…………」

「え、どしたの？」

複雑な顔になるクゥを、メイは覗《のぞ》き込む。

「それが、本当に〝無償の慈悲〟ならば、そうなのですが……」

「なに……？　なんか、あるの？」

「はい……」

大神殿は、各国から納められたお布施を、慈悲として恵んでいる。

だがその相手は、ただの一般人ではない。

「大貴族や大商人、あと、国にも慈悲として大金をあげているんです」

「それって……〝贈与税〟ってのがかかるんじゃないの？」

メイにとっては忘れられない税金、「贈与税」。

高額な金品を受け取った際に納めねばならない税金である。

「それが、宗教行為なので、課税はされません」

「え……！　でも……あれ……え……？」

なにか、すごい、ゴロッとした違和感を、メイは覚えた。

「そして、慈悲としてお金を受け取った者は、そのお金で商売や事業を行い、その儲《もう》けの中から、再び、お布施の形で大神殿に納める倣《なら》いとなっています。いくらか、金額を増やして」

「待ってくれ、それは、ただの金融業じゃないのか？」

話を聞いていたブルーが、思わず声を上げる。

金を貸し、利子を取った上で返済を受け取る。

宗教行為の名を借りているが、構図は同じである。

「投資事業と金融事業のあわせ技みたいなものですね。ただ、こういったモノ自体は、昔から、宗教者たちによって行われているのです。さほど珍しくもありません」

「なんと……」

魔族には「国教」と呼べるものはないため、ブルーには驚きであった。

だが、これも事実である。

宗教活動というのは、基本的に非生産的である。

なにせ、どれだけ朝夕神さまを拝んでも、天から食物が降ってはこない。

いや、古《いにしえ》の神話などにはそういった記述もあるが、それは「奇跡」と称されるもので、一般的にはまずない。

「宗教団体が、金融業に近い行為を行うのは、よくあることなんです。慈悲とお布施の形で、お金のつながりを生むことで、迫害を免れていたケースもあります」

「なるほど、そういう考えもあるか」

クゥの言葉に、ブルーはうなずく。

金を貸してくれる、もしくは金を貸している相手を、人は簡単に攻撃できない。

貸した金が返らなかったり、次に金に困った時、誰も貸してくれなくなったりするからだ。

「それに、大手金融業と考えれば、大神殿の行っていることも、社会的には大切なんです。大口の融資がないと、事業を立ち上げることができません」

「なるほどなるほど……ん？　まさか、クゥくん、キミは……」

うなずきながら、ブルーは気づく。

「ドラゴン族に嫁入りして、ミスリル鉱山事業の開発費用の融資を、大神殿にお願いするつもりなのかい？」

「はい！」

「なんとまぁ」

正解！　とばかりに笑顔で答えるクゥに、ブルーは唖然《あぜん》とした。

魔族でも最強種のドラゴンたちの借金を、人類の聖地に頼みに行くなど、思いつくほうがおかしい。

「それは……大丈夫なのかい？」

休戦条約が敷かれ、交易も始まりつつあるとはいえ、やはり両種族の数百年の隔たりは深い。

「はい、大丈夫です。多分、大丈夫だと思います……」

クゥの顔から、笑みが消える。

それは、不安の表れではなかった。

「ミスリル鉱山の開発となれば、莫大《ばくだい》なお金が動きます。お金を貸した方にも、十分すぎる利益が入るでしょう。目端の利く人ならば、ほっておくはずがありません」

魔族の侵入を拒みながら、魔族への融資を行うことに賛同する者がいるとしたら。

その者は、大神殿の中で、かなり高度な経済的感覚を有する者だろう。

それこそ、ゼオスが怪しむ、なんらかの脱税行為を行っていても、おかしくない。

（クゥ・ジョ、あなたは……）

じっと彼女の顔を見つめ、その思考を読み取った上で、ゼオスはわずかに眉《まゆ》をひそめた。

クゥの作戦は、すでにゼオスが行う調査を、現地に行かずして始めている。

（少し、不安ですね……）

彼女の聡明《そうめい》さ、賢明さ、そして鋭さに、ゼオスは少しだけ、危惧《きぐ》を覚えた。


そして、再び現在に戻る——

「こちらになります。どうぞ」

正門にて、身分証を提示した途端、聖堂兵たちの態度が変わった。

魔族に仕えドラゴン族に嫁入りした少女が、商談のために訪れたという事実は、ある意味で魔族の大群が襲来した以上の衝撃であったのだろう。

「ここは、一般参拝者が使わない通路ですね」

「は、はい！　一応、その、他の者の目もございますし！」

まだ若い……とはいえ、クゥよりはずっと年上の聖堂兵の青年は緊張しつつ返す。

彼女らが歩いているのは、正門を入ってすぐにある、関係者用の通路。

日の当たらない、薄暗い廊下だが、「裏口」というのともまた異なる。

むしろ、超VIPを、一般客の目に晒《さら》さないように、配慮しているようであった。

「あ、あの、念のためにお聞きしたいのですが……お、お嬢様は、人間……なんですよね？」

「え？　あ、はい、そうですよ」

「あはは、あははは……失礼いたしました！」

先導する後ろ姿だけでもわかる緊張っぷり。

どうやら、彼はクゥのことを、それこそ魔王城に訪れた時の邪竜卿《きょう》イタクのように、「人間の姿に化けているドラゴン」と思ったのだろう。

「仕方ないですよ、無理もないです」

苦笑いするクゥ。

「え、あの、恐れ入ります……」

「はい？」

しかし、クゥはきょとんとした顔で目を向ける。

自分の心中を覗《のぞ》かれたと思い、バツの悪い顔になる兵士であったが、当のクゥに不思議そうな声で返され、戸惑っている。

「え？」

「ああ、そっか……いえ、なんでもないです。ごめんなさい」

まるで、この場にいない誰かもう一人に話していたかのような、そして、その相手に話しかけたのに間違えて返事をした兵士の青年に、「まぎらわしいことをしてすいません」と謝るような、そんな態度であった。


そして、しばし時間は経つ。


クゥは一般参拝者が入れる限界の外周部を、専用通路を通り、さらに先んじて連絡を受けたのであろう、用意された馬車に乗り込み、さらに大神殿の中央区画に向かう。

「ふわぁ……」

馬車の窓から見える光景は、思わずクゥにため息を吐《つ》かせるものだった。

天をつくような大きな尖塔《せんとう》がそびえ立ち、車内からではてっぺんが見えないほど。

それが、幾本も、数え切れないほど並んでいる。

「すごいなぁ、これが大神殿なんですね」

まさに、人類種族の中心を名乗るにふさわしい荘厳さである。

「これだけ大きければ、そりゃあ街道のずっと先からでもわかりますよねぇ」

この光景はある意味で、宗教的なデモンストレーションでもあるのだろう。

「我らが神々、それを崇《あが》める我々には、これだけの栄光があるのだ」という。

だが、これだけの高層建築と巨大建築の群れである。

作ればそれで終わりというわけではない。

常に維持管理のためのメンテナンス作業に、膨大なリソースを割かねばならない。

「うん、でも、それも含めて、権威の象徴なんでしょうね」

これだけ金と手間のかかるものを持つことで、見る者は、それが敬虔《けいけん》な信徒であれば信仰をより深め、異教徒ならば改宗を考え、王侯貴族なら敵対を止《や》めるだろう。

こういった、権力者による巨大建築物は、実はとても意味のあるものなのだ。

「魔王城とはすごい違いですよねぇ……」

少しだけクゥは疲れた笑いを上げる。

魔王城は以前よりはマシになっているが、まだあちこちボロボロである。

あちらを直せばこちらが壊れるという繰り返しで、メイなど「いっそぶっ壊して新築したら?」と真顔で提案し、ブルーに「それは、さすがにっ!?」と半泣きされてしまった。

（でもその方が、実は安くつくんですよねぇ……）

念のため出した試算は見せられないなぁと、クゥは苦笑いする。

「お嬢様、そろそろですよ」

前方の御者が、到着を知らせる。

クゥがいざなわれたのは、大神殿の最中央、その直近にある神官長府であった。


大神殿に属する数多《あまた》の神官僧侶《そうりょ》神職、その頂点に立つのは大神官である。

しかし、大神官はすでに高齢で、実務を執り行うことはほとんどない。

実質、この巨大宗教都市を差配しているのは、その配下の十三人の神官長である。

「はじめまして、クゥ・ジョ様、ですね……私は、神官長のポエル・ローゼと申します」

クゥがこの日対面したのは、その十三の神官長の一人、ポエルであった。

「あ……は、はじめまして！」

さすがに、アポイントメントも取らずの飛び込みで、神官長と接触できるとは思わなかった。

ここまで、大神殿内の移動も含め正門から二時間ほどかかったが、たった二時間で、国家で言えば大臣クラスが現れたようなものだ。

これにはメイも、恐縮を隠せなかった。

「そのようにかしこまらなくても結構ですよ。神官長と申しましても、十三人いるその一番下ですから」

「いえいえいえ、あははは……」

きさくに笑うポエルであったが、逆に言えば、億にも届こうという信徒たちの、上から十四番目の人物である。

そこらの中堅国家の王様よりも、社会的地位は上なのだ。

「あなたのお話、大変興味深いです。先んじて、資料は読ませていただきました」

クゥは、馬車での移動の前に、使者の聖堂兵に「ドラゴン族領内のミスリル鉱山開発計画と、その融資のお願い」をまとめた書面を渡しておいた。

その兵士が早馬で神官長府まで走り、ポエルはそれを読んだのだろう。

（おそらく、目を通せた時間は一時間程度……たったそれだけで、全部把握したんだ……）

少し、いやかなり驚くクゥ。

初日は面会の約束を取り付けることができれば十分と思っており、二日目に会えたとしても、よくて挨拶《あいさつ》のみ。

プレゼンテーションはさらにその後と思っていたのだ。

（この人、動きが早い……油断しちゃダメだな）

クゥは心の中で、気を引き締めた。

ピラミッド型の組織において、上に立つ者ほど、発言と責任が重くなる。

さらに、上げられる案件の数も膨大になる。

結果、意思決定が大きく遅れ、数か月、場合によっては年単位の「待ち」が発生するものだ。

(なのに、翌日どころか二時間弱で……そうか、この人が、この街の財政の要《かなめ》の人か)

実際は、他の十二人の神官長の誰かが正式な責任者なのかもしれない。

だが、それはおそらくただの名目上のもの。

彼女こそが「商談相手」、そしてゼオスの「調査対象」なのだと、クゥは理解する。

「はい、気をつけます……」

「はい？　なにがですか？」

ぽそりとつぶやいたクゥに、ポエルは不思議そうな顔をする。

「いえ、すいません。なんでもないです！　あはは！」

慌てて、クゥは笑ってごまかす。

「はぁ……？　ならば、よろしいのですが」

わずかに首をかしげつつ、ポエルは居住まいを正す。

「では、本題と参りましょう。今回のお話は、大神殿といたしまして、大変興味深い案件です」

「ホントですか！」

喜ぶクゥ。

商談とは、相手との交渉のテーブルにつくまでが七割。

その上で、好感触の反応が戻ってきただけで、九割果たせたも同然なのだ。

「ですが、仔細《しさい》のいくつかに疑問点があります。この場で、ご説明いただいてよろしいでしょうか？」

「はい、喜んで！」

クゥは快諾すると、早速双方、資料を手に、質疑応答と説明解説が始まる。

持ち込んだ資料は、昨日今日作ったものではない。

イタクがやってきたあの日から、クゥは暇を見つけては、「ドラゴン族のミスリル鉱山開発経営に関する企画書」を組み上げていた。

それを再調整したものが、今回提出した資料である。

どれだけの期間、どれだけの規模で、どれだけの予算がかかるか。

それによって、どれだけの収益がもたらされるか、鉱山開発以外の、総合的な経済効果まで含め、微に入り細を穿《うが》って、クゥの作り上げた自信作である。

そこに、さらに口頭をもって、ポエルより出される質疑に、応じ、答えていく。

「なるほど、よくわかりました」

一時間ほどやりとりを交わし、ポエルは納得したように資料を置く。

「あ、ありがとうございます」

額の汗をぬぐうクゥ。

たかが一時間。

しかし、この上なく濃密なやり取りが交わされた一時間であった。

ポエルの質問はどれも核心をつくものばかり。

それらを、クゥは最速で的確に返す。

まるで、達人同士の果たし合いのごとき応酬であったのだ。

「この資料は上に送り、前向きに検討いたします」

「そ、そうですか………」

よくある、答えの先延ばしな返答に、クゥは少しがっかりした——が、直後、ポエルはニコリと微笑《ほほえ》む。

「一応形式的なものです。これならば、まず間違いなく、〝慈悲〟がくだされるでしょう」

この場合の慈悲とは、大神殿からの高額融資の意味である。

「やった！」

思わず、笑みをこぼすクゥ。

「うふふ」

それを見て、ポエルは口元に手を当て、おかしそうに笑う。

まさかたった一日で、ここまで進めるとは思わなかった。

「あの……」

しかし、興奮が一段落すると、新たな疑問が浮かぶ。

「あの、ポエル神官長、本当にいいんですか？」

「いい、とは？」

「その、えっと」

問い直すポエルに、クゥの方が返答に窮する。

「大神殿ともあろうところが、魔族に融資をすること、ですか？」

「ええ……」

クゥの想定では、「ふざけるな！」と怒鳴りつけられるところまで入っていたので、好感触が過ぎる現状に、戸惑いを覚えずにいられなかった。

「そうですね……」

ポエルは、口元に手を当てたまま、わずかに思案して後、言葉を返す。

「確かに、人類と魔族は、つい最近まで争いを続けていました。長い歴史の中では、この大神殿でも、多くの悲劇が起こりました」

人類種族と魔族の境界線は、今でこそ大陸の中央で二分されているが、時代によっては大きくそのラインが後退し、大神殿が脅かされたことも一度や二度ではない。

「ですが、それにこだわり続ければ、過去と同じことの繰り返し……新しい未来を創生するためには、今までにないことをすることも、必要なのではと思うのです」

そう言うと、ポエルは微笑《ほほえ》む。

「私は、あなたの持ち込んでくださったこのお話が、大神殿にとって、素晴らしいものを運んでくれると、確信を得ています」

「ポエル神官長……」

彼女の言っている言葉は、特段、気の利いたものではない。

美しい言葉を並べたわけでも、情感をもって語ったわけでもない。

なのになぜか、クゥの胸を打ち、知らぬうちに涙がこぼれていた。

「あらあら、大丈夫ですか？」

口元を押さえていた手を動かし、懐からハンカチを差し出すポエル。

「いえ、その、すいません。お恥ずかしい！」

照れるクゥに、ポエルは優しく微笑む。

まさに聖女というにふさわしい、赤子を見る母親のような慈《いつく》しみに満ちた目であった。

「あなたも、たくさん、努力なさってきたのですね……それが結ばれるよう、励みましょう」

「はい！」

「さて……それでは、正式な決定が下るまで、少しお時間をいただくことになります。次の定例会議まで、数日、一週間はかからないと思いますが、よろしいですか？」

「いえ、はい、大丈夫です！」

案件の大きさを考えれば、たったそれだけで決まるなど、スピード決済の範疇《はんちゅう》である。

こうして、クゥの大神殿訪問一日目は、大変実りのあるものとなった。

が――


その夜――

大神殿の市街地の一角にある、参拝者用の宿屋――宿坊と呼ばれる施設に、クゥは泊まっていた。

小さいが、個室も得られて、食事も出してもらえる。

「訪れた旅人を癒《い》やす」ことも修行の一環と考えられているので、宿坊の経営は大神殿が行っている。

つまり、クゥのような少女の一人旅でも、安全ということだ。

「ふぅ……一日目はまずまずといったところですね」

上着を脱ぎ、旅の道具を外し、くつろいだ状態で、ベッドに腰掛ける。

「え、あ、いえ、わかってます。はい」

部屋の中には、クゥの他誰もいない。

なのに、彼女はまるで、誰かと会話するかのように、独り言をつぶやく。

「そんな、ポエルさんはいい人ですよ」

知らぬ者が見たら、自問自答を超えて、どこか怪しくさえ見える光景である。

「え……あ、でも、たしかに……アレ？」

クゥは、まるで見えざる何かに、とても重要な点を指摘され、今さらそれに気づいたようにおどろいた顔になっている。

「そうですね、はい……もう少し、警戒したいと思います」

その言葉を最後に、クゥはベッドに横になる。

そして、この日の彼女の活動は終わる………

同時刻、大神殿、神官長府――

「どうだった、あの娘は？」

神官長府の中にある、ポエルの個室。

山のように積まれた案件を、手慣れた速度で処理していくポエルに、その男は尋ねる。

「さて、どうでしょうか……あなたがおっしゃるほど、警戒すべき相手とは思えませんでしたよ？」

「油断はしないほうがいい」

その男は、微笑《ほほえ》むポエルを前にしても、変わらぬ厳しい顔で告げる。

「税天使のゼオス・メルのお気に入りだ。なにをしでかすか分からん」

「あら、それでも……」

ピタリと、書類に羽根ペンを走らせる手を止めて、ポエルは男に顔を向ける。

「あなたの結界があるのですから、その税天使も、手が出せない現状に変わりはないでしょう？　カサス」

ポエルの視線の先には、白い翼を背に持った、認天使カサスの姿があった。


クゥたちが大神殿に到着していた頃、メイとブルーは、まだなおドラゴン族領にいた。

「だーかーら！　それじゃダメってんでしょこのたくらんけ！」

「なんだと貴様ァ、もう一回言ってみろ!!」

「だめだって言ったのよこのトーヘンボクのコンチキチンが！」

「言ってる内容変わってないか!?」

ドラゴンたちを相手に、怒鳴りつけ大騒ぎしているメイの姿があった。

「陛下……止めてくれんか、あれ……」

「無茶言わないでよ、止めたら止まる人じゃないのはキミもよく知ってるでしょ？」

その光景を眺める、魔王ブルーと、邪竜卿《きょう》イタク。

「クゥくんに頼まれた内容の、一割も終わってないなぁ」

手の中の書面を見て、ブルーはため息を吐《つ》く。

そこには、大神殿へ出立する前のクゥから受けとった、ミスリル鉱山開発のための準備計画がある。

融資が決まってから動くのでは遅い、現段階で、ある程度開発を進めておいてほしいという内容だった。

「鉱山の開発は、都市一つを作り出すのに等しい。そして、都市を作るのに絶対に必要なのが、交通インフラだ」

掘り出した鉱石を運ぶだけではない、そもそもが、掘り出すための作業員たちを連れてこなければならない。

それ以前に、その作業員たちの宿泊所、休憩所などを作る資材を運び込まねばならない。

その資材を運び込む前に、それらの施設を作る作業員たちを連れてこなければならない

……と、とにもかくにも「運び込むための道」が必要なのだ。

「ドラゴン族領は、極北に近いこともあって、道なき道だからねぇ」

「なんせ我ら、羽があるからな、いらんし」

ブルーの言葉に、イタクが、どこか誇らしげに語る。

ドラゴン族がこの地に住んでいる理由は、ある意味で単純であった。

彼らほど頑強かつ強靭《きょうじん》な種族でもなければ、こんな最果ての地、選んで住みたがる者などいなかったからである。

「だが今回ばかりはそうはいかない。ドラゴン族は一頭あたりの力は強力だが、採掘作業は力仕事だけでできるものじゃないからね」

それに、独立意識の強いドラゴンたちは、集団組織行動に向いていない。

どうしても、鉱山開発には、他種族の力が不可欠なのだ。

そのために、魔王城のある魔族領中心地につながる街道整備を行うことにしたのだが、その作業こそ、ドラゴン族単独で行わなければならない。

「この岩山をぶっ壊して道を切り拓《ひら》くなんて、ドラゴンくらいしかできないからねぇ」

だが、そこは組織行動の苦手なドラゴン族。

さらに言えば「道なき道をゆく」種族ゆえに、道の重要性が解《わか》っていないドラゴン族。

いい加減な土木工事を行った結果、昨日だけで、三度も山崩れが起こった。

「そらメイくんも怒るよ」

それもあって、ブルーは彼女を止めることができなかった。

なにせ、その三度の山崩れに、三度とも巻き込まれたのは、現場監督のメイなのだ。

「よく生きてるな、あの女……」

特に、地下水が噴き出し、土砂崩れになり、流され潰《つぶ》されたと思ったら、憤怒《ふんぬ》とともに這《は》い上がってきた時など、邪竜卿《きょう》イタクをもって「怪物か」と言わしめたほどである。

「すごいでしょ、ウチの奥さん」

「あーはいはい」

殺伐とした話であるはずなのに嬉《うれ》しげなブルーを、「ノロケ」と判断し、イタクは呆《あき》れ顔でいなす。

「……我が妻は、大丈夫であろうか」

ポツリと呟《つぶや》くイタク。

妻とは、今回の開発のために、仮初めの婚姻関係を結んだクゥのことである。

「邪竜卿……その……いいづらいのだが」

「わかっている」

申し訳なさそうに言うブルーに、若き竜の長は、言葉短く返した。

「今回の結婚は、あくまで仮初めだ。試用期間のようなもの。その上で、我の方から三行半《みくだりはん》を叩《たた》きつける、そういうことだろう?」

「うん」

結局、これがクゥの考えた作戦であった。

魔族の婚姻において、古くから残る制度に、「仮初め婚」というものがある。

あくまで、異なる種族同士の婚姻の際に使用されるもので、一定期間内ならば、無条件でどちらかの意思で、婚姻関係を破棄できる。

「気を使いやがって、自分じゃなくて、我に捨てられる形なら、長の面目も傷つかないと思ったのだろうな」

人間型の姿のイタクは、全身鎧《よろい》をまとっているブルーよりも、頭三つ分は小さい。

それ故に、ブルーの視界には、うつむく彼の表情は、窺《うかが》えない。

「別に我は……」

その先に、彼がなんと言ったかは、ブルーは聞き取れなかった。

（ああ、そういえば……）

ふと、ブルーは思い出す。

クゥはだいぶ慣れたとは言え、それでもやはり、魔族……それも巨大な相手には、わずかに身をすくませる時がある。

ブルー相手でも、髑髏兜《どくろかぶと》に慣れるまでは、かなり時間がかかった。

（彼は彼なりに、気を遣っていたのだな……ふむ……）

そして今も、仮初めであっても「妻」となった少女を案じているのだ。

「大丈夫だよ、邪竜卿……いや、イタク」

あえて、彼の真名で呼んだ。

「クゥくんは一人じゃない、多分、一番強い人が一緒だしね」

第四章　貧窮問答

大神殿——訪れて数日間。

ポエルからの返事待ちの暇つぶしに、クゥは大神殿のあちこちをうろついた。

さすがに、ＶＩＰ対応とは言え「全ての区画をフリーパスで」とはいかなかったが、一般の参拝客では見られないような場所も見ることができた。

その一つが、救貧院であった……

「ここが……」

院内に入り、クゥの口から出た言葉は、それであった。

どんな時代にも、どんな場所にも、社会的弱者というものは存在する。

飢えや貧困、紛争に追われ、行き場をなくした者たち。

病人やけが人、様々な事情があり、まともな生活ができない者たち。

そんな人々が、ここにはいた。

「これは……ドラゴン族のお嬢さんじゃないですか？」

院内に入ったはいいが、その光景に圧倒されて動けないでいたクゥに、声をかける者があった。

「あなたは……？」

現れたのは、初日にクゥと遭遇した、聖堂兵の青年である。

今日は鎧《よろい》も武具も身につけておらず、一般の僧服であったため、気づけなかった。

「このようなところに、何用ですか？」

「いえ、あの、えっと」

青年に問われるが、返しづらかった。

理由としては、今後の魔族領の福祉政策の参考にするため、多くの貧しい人たちへの慈善事業を行っている現場を見学しに来た、である。

「こんなにも、たくさんいるんですね」

訪れて驚いたのは、その規模である。

先日、神官長府まで馬車で向かったときに見た、天をつくような巨大建築。

巨大な塔の根元、より大きな建造物が、これら救貧院だった。

「この建物だけで、千人はいますね。それが、十棟以上あります」

「そんなにも！」

一万人以上の人々が、この辺りに収容されている計算になる。

「それでも、助けを求める人は山程います。毎日のように増えているので、物資も人員も、なにより予算も、いくらあっても足りません」

魔族と人類の戦争は、メイとブルーによって、一旦は収まった。

だが、それまでの長い不況と、経済活動の多くを軍事に割り振ってしまったこと、さらには深刻な財政方針の歪《ゆが》みによって、人類種族領は、大量の社会的弱者を生み出してしまった。

「大変、なのですね……」

クゥには、そんなありきたりな言葉しか返せなかった。

以前に、メイから聞いた話を思い出す。

メイは、物心ついた頃から孤児であり、野良犬のような日々を送っていた。

拾われた先は、そんな子どもたちを道具のように使う悪徳商人で、あのドラゴン相手にも拳《こぶし》で挑む彼女が、その過去を思い出した時に見せた苦しそうな顔は、忘れられない。

「おや……あなたは、クゥ・ジョさんですか？」

重い顔になっていたクゥの背に、あらたに別の誰かが声をかける。

聞き覚えのある声。

不思議と、人の心に染み込むような優しい声であった。

「ポエル神官長？」

振り返ると、そこにいたのは、この大神殿の大幹部である彼女であった。

「ここに、なにかご用事でもあったんですか？」

「あら？」

問いかけるクゥに、ポエルのほうが意外そうな顔で返す。

「私に御用があって、こちらに来られたのではないのですか？」

「ええ？」

「ふふふ」

二人のやり取りを見ていた青年が、おかしそうに笑う。

「クゥさん、この救貧院は、ポエルさまが運営なさっているんですよ」

「え、そうだったんですか！」

驚く、と同時に、顔を赤らめるクゥ。

ポエルのお膝元《ひざもと》に来て、ポエル様がいることに驚いたのだから、事情を知る者からすれば笑いを禁じえない話だろう。

「ポエルさんは、財務のお仕事をしながら、慈善事業も行っていたんですか……」

大神殿の財務の統括者となれば、それだけで日々のスケジュールは満杯。

普通の人間ならば、忙殺される仕事量である。

それに加え、彼女は弱者救済の活動にも身を費やしていたのだ。

「これも修行です。ふふ」

ニコリと、欠片《かけら》も悲壮さを感じさせない笑顔で答えるポエル。

「でもまだまだ及ばぬことばかりです。弱き人々のために、できることはもっとあるはずなのですが……」

それどころか、自分の及ばなさ、至らなささを悲しむほどであった。

「そんな、ポエル様は──」

青年が労《いたわ》りの言葉をかけようとしたその前に、「わっ」と大勢の声が上がる。

「ポエル様じゃ、ポエル様がいらっしゃった！」

「ポエル様、聞いてください！」

「お願いしますポエル様、お助けください！」

彼女の姿を見つけた貧民たちが、どっと津波のように押し寄せる。

彼らは口々に、窮状を訴え、助けを求める。

薬がない、食べ物がない、赤子に飲ませるミルクすらない。

「大丈夫、皆さん、落ち着いて、私は皆さんの味方です」

そんな訴えを、ポエルは笑顔を決して崩さず受け止めている。

日々の激務もあるだろうに、彼女は心から、弱き者たちに求められることを慶《よろこ》んでいるかのようであった。

「すいませんクゥさん、お話は、また今度で……」

それだけ言うのがやっとだったか、彼女の周りに集う群衆はさらに増えていき、クゥどころか青年まで、押し出される形で救貧院の外に出てしまった。

「すごい人気ですね」

「そりゃあそうですよ、ポエル様こそ、現代の聖女と言うにふさわしい」

　確かに、彼女の姿は、古《いにしえ》の伝承にあるという聖者が、虐《しいた》げられし民を救済に訪れた姿を彷《ほう》彿《ふつ》させる。

「本当に、いろいろ大変そうですね」

「はい」

　クゥの言葉に、青年はうなだれる。

　伝承の聖者は、飢えた民のために天より無限の食料を降らせ、一粒の小麦を山のような量に変えたという。

　そんな力があれば、あの貧民たちももっと救われようが、悲しいかな、ポエルにはそこまでの奇跡の力は存在しないようだ。

「先程も言いましたが、なにもかもが足りません。貧民はどんどん増えるのに、物資も人員も有限ですから」

「でしょうね……」

　顔に陰が差す青年に引きずられ、クゥも暗い表情となってしまう。

「俺以外にも、他の兵士たちも協力しているんですが……休日を返上したり、給料のいくらかを返納したり……それでもポエル様には及びませんが」

聖堂兵である青年が、今日は鎧《よろい》も武具も帯びていないのは、兵士としての職務内容の違い、だけではなく、そもそも休日返上で、救貧院の手伝いに来ていたからなのだろう。

「ポエル様は、ご自身の給金は、全て救貧院に寄付していらっしゃいます」

「そうなんですか！」

これには、クゥも驚く。

大神殿に務める以上、生活の保障はされているのだろうが、それも最低限。

それ以外の収入全てを、貧者たちのために使っているのだ。

「立派な人ですね」

「はい、立派な方です」

疑うべくもない感想をこぼすクゥに、青年が同意する。

しかし、そこに、ぷぅんと、酒——それもかなり質の低い種類の臭《にお》いが漂う。

「どこがやねん」

それは、どこか厭世《えんせい》的な、やさぐれた老人の声だった。

「あの小娘のどこが立派や言うんや。あんなんタダのジコマンやないけ、けっ！」

救貧院のある区画は、大神殿の中でもやや裏側に位置する。

通常の街ならば、治安がよろしくなければ、ヤクザ者の巣窟《そうくつ》になりそうなものだが、そこは大神殿、そこまでの好き勝手は許していない。

だからこそ、老人のようなみすぼらしいボロ布をまとっただけの、物乞《ものご》いのような姿の者は、異彩を放った。

「おじいさん……なにを言うんです？　ポエル様は立派な人じゃないですか」

私財をなげうち、私欲を捨て、私事の時間すら捧げる彼女の、どこに文句をつけるところがあるのか、クゥにはわからなかった。

「はっ！　おチビちゃんもあの小娘にたぶらかされたクチかいな。若いのに残念なこっちゃなぁ」

おそらくは老人は、私度僧と呼ばれるものなのだろう。

正式な神学校で教育を受けず、正しい儀式の上で僧として認められたのではなく、勝手に自称し、勝手に自己解釈した教えを説いている。

本来ならば、大神殿に踏み入ることすらはばかられる身分の者だ。

「なんだと……！」

そのせいか、聖堂兵である青年はあからさまに不快そうな表情となっていた。

汚らしい僧侶《そうりょ》もどきが、聖女と讃《たた》えられるポエルを侮辱したのだ。

彼にとっては、母親を罵倒《ばとう》されたに等しい怒りなのだろう。

「あの小娘はなんもわかっとらへん。救いとはなんなんか、弱者とはなにか……人の愚かさも醜さもなんもわかっとらんくせに、笑顔だけは達者や……おえんで」

悪態をつきながら、老人は手に持った酒瓶を呷《あお》る。

しかし一滴こぼれたのみで、「ちっ」と、また小さく毒づいた。

「むぅ……」

老人の姿に、さすがにクゥも不機嫌になる。

いや、不機嫌……とも違う。

もっと薄暗い、怒りとも憎しみともつかない感情が覆う。

「このクソジジィ……」

だがそれは、クゥだけではなかった。

クゥ以上に激しい怒りをたぎらせる聖堂兵の青年が、鬼のような形相でにらみつける。

「ふんっ！」

しかし、老人はそんな視線など意に介さず、さらに鼻息を一つ吹いた。

「てめぇ！」

ついには、堪忍の限度を超えたか、青年は拳《こぶし》を固め、老人に迫る。

ただの脅しではない、間違いなく、明らかな敵意と実行の意志があった。

しかし、その寸前――

「はぐっ……」

青年はぐるりと白目を剝《む》いて、その場に倒れる。

「申し訳ありません。少し、眠っていてください」

いつのまにか背後に立っていた、手刀を構えたクゥの姿。

冷たい声と眼差《まなざ》しで、倒れた青年に告げる。

「ワシ、長う生きてるけど、その『手刀ポン』でヒト失神させたヤツ、初めて見たわ」

老人はよほど肝が据わっているのか、殴られそうになったことにも、その殴ろうとした者が一撃で気絶させられたことにも、まったく動じていなかった。

「失礼しましたご老人」

クゥは、綺麗《きれい》な所作で老人に一礼する。

「ほう……」

その姿を見て、老人はなにかを感じ取ったようであった。

少なくとも、彼女を、「おチビちゃん」や「小娘」と称してはならぬと判断する。

「オマエは……ははぁ、なるほどな。久しぶりに見たわ」

「私のような者を、他にもご存じなのですか？」

「似たようなのはちょくちょくな。せやけど、オマエさんみたいな状態なんは五十年ぶりかいなぁ」

くくくっと、おかしげに老人は笑う。

「あなたの先程のお話、もう少し詳しく伺いたいのですが、よろしいでしょうか？」

「話してほしかったら、クチの滑りが良くなるもんを用意してもらわんとなぁ」

クゥの問いかけに、老人は空になった酒瓶を持ち上げる。

要は、「酒をおごれ」という意味である。

「申し訳ございませんが、利益供与はいたしかねます」

「なんやつまらんやっちゃな」

要求を拒まれ、老人は顔をしかめる。

「それ以外なら、善処いたしますが？」

「ほう、言うたな？」

クゥの言葉にニヤリと笑うと、老人は懐から、シワだらけの紙幣を突き出す。

「大神殿の一番端っこにある一番ボロい酒屋の一番安い酒買うてこい。ワシ、あれ好きやねん」

その場所は、今クゥのいる場所から、馬車でも三十分、人の足ならその三倍はかかろう位置である。

「……かしこまりました」

だが、クゥはそれを承諾すると、紙幣を受け取り、さして急ぐでもない平時の足取りで歩む。

そして、角を曲がり、姿が消えたところで――

「ほう……」

なにかの羽ばたく音が聞こえ、それを耳にした老人は、再びニヤリと笑った。

そして……五分もしないうちに、クゥは戻り、言われた通りの場所にある言われた通りの店で、言われた通りの酒を買ってきた。

「なるほどな……この程度は、利益供与にならんくらいの、アンタにとっては些細《ささい》なことというわけか」

酒瓶を受け取り、クンクンと混ざりものだらけの安酒の匂《にお》いをかぎながら、老人は言う。

「〝落ちていたペンを拾う〟程度ならば、常識の範囲内ですので」

「さよけ」

息の一つも乱れていないクゥであった。

「では、お話を……」

「ああ、せやな、うん」

一口酒を呷《あお》りつつ、老人は話し始める。

「その昔な、とある貧者がおった。食うや食わずの銭なしでな。飢えのあまり、他人様《たにんさま》の食い物を盗んだ……さて、これは罪や思うか？」

「思いません」

「ほう、なんでや？」

「罪と罰は、社会の制度によって定められたものです。社会が人に、〝罰〟という義務を命じるのなら、〝罪〟を犯さずに生きられるようにする義務があります」

社会責任論とでも言うのか、クゥの言葉によどみはなかった。

私利私欲で奪うのならともかく、生存すら危うい状態にまで個人を追い詰めた社会にこそ責任があるという論法であった。

「うん、そうやろな。それも正しい。せやけどな、その貧者は言いよったんや、『俺から罰を受ける権利すら奪うのか』とな?」

老人の言葉に、クゥはわずかに眉《まゆ》をひそめる。

「その貧者が奪いよったんわな、自分よりもさらに貧しい者からやった。その貧者は、『奪う側』になりたかったんや」

己の腹を満たすために、己の欲望を果たすために、他者を酷使し、支配し、搾取し吸い上げる者たち。

その食い物になるのは、いつだって弱き者だ。

「自分は弱くない。奪う側や。せやから見てみぃ、お前ら強者と同じように、ワイも奪ったったでと、そいつは言いよったんや、はてさてどうする?」

「妄言ですね」

またしても、クゥは即座に返す。

「せやな、ワシもそう思う。自分より弱い者がおったとしても、自分が強うなるわけやない。

せやけどな、そいつの言うことにも一分の理はある。人の尊厳や」

獣が人を襲ったとて、その獣を牢《ろう》に入れるだろうか。

檻《おり》に入れるかもしれないが、牢屋《ろうや》ではない。

人が入るべきところではない。

「その貧者は愚者や、せやけど、一概に責めることはできるかいな？　貧しいからといって、憐《あわ》れまれ、見下され、その苦しみの方が遥《はる》かに強かったんちゃうかな」

飢えの苦しみと、誇りの苦しみ。

生き物としての苦しみによる罪と、人間としての苦しみによる罪。

前者は裁かれてはならないが、後者は裁かれねばならない。

「子どもが子ども扱いされることを何よりも嫌がるように、劣った者、欠けた者、足りぬ者……弱き者は、弱者として扱われることを何よりも嫌がる時がある」

それは、「ない」者の苦しみ。

「ある」者には分からぬ次元。

「せやからな、時に救いは、何よりの危害になる。ましてや、『弱い者が哀れなので手を差し伸べました』いう行動自体が、人を苦しめる」

「しかし……」

「わかっとる」

反論しようとしたクゥを、老人は止める。

それでも、事実は変わらないのだから、という意味合いの言葉だったのだろうが、それも十分、老人はわかっていた。

「肝はな、そこやないんや。弱者という生き物などおらんっちゅう話や。弱い強いは人の状態に過ぎん。善悪とも異なる。貧しい者が常に清廉とは限らんし、その逆も然《しか》りや」

弱きを助け、強きをくじく——などという文句もあるためか、ついつい人は、弱者＝善人と思ってことを考えてしまう。

だが、弱者も人間であると、人としての尊厳と誇りを持つ者だと思うのならば、むしろ、「弱者とて悪人はいる」と考えるべきなのだ。

「ポエル……あの小娘はわかっとらん。自分が人様を救えると思っとる。いや、ちゃうな……」

老人は、酒瓶を呷《あお》り、大きく喉《のど》を鳴らす。

「それとももしかして、救えるものと、思い込みたいのかもしれへんな」


その日の夜——宿坊にて、クゥは憤慨していた。

「どういうことですか！　いきなり勝手に出てきて……びっくりしたじゃないですか！」

部屋には、やはりクゥしかいない。

だが彼女は、なにかに向かって、怒りの言葉を投げつけている。

「でも、それは……」

クゥは、決して独り言を言っているのではない。

彼女が話している対象は、彼女の内にいる。

『申し訳ありません。少し、興味深いお相手だったので』

クゥにしか聞こえない声が、クゥの頭の中に響く。

「もう……それで、なにか収穫はあったんですか、ゼオスさん」

『ええ』

声の主は、税天使ゼオス・メルであった。

彼女は、そのままでは認天使カサスの結界に遮られ、大聖堂に入れない。

そこで、霊体となってクゥの体に宿ることで、結界の突破に成功したのだ。

この数日、クゥは誰かと話しているような独り言を繰り返していた。

あれは、他人には聞こえない、心中にのみ聞こえる、ゼオスの声と対話していたのである。

『ポエル氏、彼女は怪しいですね。なにか、見えないものがあります』

古き神話の中にも、天使が人の子の体に宿ることで、その正体を悪しき者に気づかせなかった……という伝承がある。

その偽装工作は、天界の力相手にも有効のようであった。

「ポエル様のなにがおかしいというんです？　あの方は立派なお人ではありませんか」

『………………』

「私欲を捨て、公のために尽くし、弱者に手を差し伸べる。褒《ほ》められこそすれ、嘲《あざけ》られるいわれはないはずです」

『………………』

「偽善だというのならば、そもそも、それをいう人たちは、どれだけ善行を——」

『もう結構』

クゥのポエル擁護の演説を、黙って聞いていたゼオスだが、唐突に、それでいて一切容赦なく打ち切る。

『クゥ・ジョ……あなたは以前、メイ・サーに、『自分が理想とする社会の有り様』を語ったと聞きました』

かつて、クゥはメイに話した。

彼女の卓越した知識と、旺盛《おうせい》な行動力は、みんなが『幸せになりたい』と『願える』社会を作るためだと。

「なにが、言いたいんですか……？」

『いえ、別に』

その謎掛《なぞか》けのような問いの意味がわからないクゥに、ゼオスはそれ以上語ることはなかった。

諦《あきら》めたわけでも、ましてや見捨てたわけでもない。

もっと別の理由があった。

『ともあれ、調査の糸口が見つかりました。もう少し、お願いします』

その言葉を最後に、ゼオスの声は止《や》む。

「なんなんだろう……」

困惑しつつも、クゥはベッドに横になり、その日は終わった。


一方その頃、魔族領、ドラゴン族領地に渡ったメイたちは………

「おっしゃー!!」

「くそっ、なんてこったガンダルファがやられるなんて!?」

「ふっ、ヤツは七大竜の中で最弱……」

「人間ごときにやられるなど、ドラゴン族の恥さらしよ」

「お、お前は、瞑目《めいもく》のルブランに、破天のサザーランド!!」

「知ってるのか長老!?」

一向に進まぬ街道整備に、ブチギレたメイとドラゴン族が、ついに激突をした。

しかし、双方ともに「戦いになれば双方死ぬまでの殺し合いになる」という点だけは理解していたため、「人（ドラゴン）死にが出ない勝負」で決着をつけることになった。

ちなみに、現在メイが勝利したのは、「酒の飲み比べ」である。

「すごいなメイくん、ドラゴン相手に酒量で勝つんだ」

メイ対ドラゴン族の戦いを、「見守る」という名の傍観をしていたブルーは、どこか他人事のように感想を漏らす。

「知らねぇのか陛下」

その彼に、同じく横で「もう勝手にせい」と、放置していたドラゴン族の長、邪竜卿《きょう》イタクが言う。

「ん？」

「我らが一族は基本下戸だ」

「そうなの？」

ドラゴンと言えば豪傑の集まりのイメージがあるだけに、ブルーには意外だった。

「知らねぇか、古い伝承にもあるだろ。悪竜が人の娘を生贄《いけにえ》に求めて、それを旅の武人が退治するという、あの話」

「あーあったねぇ」

八つ首の悪竜が、八人姉妹を毎年一人ずつ喰《く》らい、最後の一人を求めたところで、現れた武人が悪竜を倒すという、英雄譚《えいゆうたん》の定番である。

「その際に、悪竜を油断させるため、酒を飲ませるのだ。それで酔っぱらって倒れた隙《すき》に首を取られ、倒される」

「そーいやそんな話だったね」

人類種族の東の方では有名な話である。

「え、ちょっと待って、あれ下戸だったたってオチなの？」

「飲めねぇやつほど無理して飲もうとすんだよ」

「なんだか、伝説が急に軽くなるなぁ」

誇り高きドラゴン族にとっても「人間ごときに敗れた」以上に、「小賢《こざか》しい策に負けた」という意味で屈辱的な話なのか、イタクは呆《あき》れた顔で語る。

「体格がでかい分、下戸でもそれなりに飲めるがな」

考えてみれば、人間の体格ならば、樽酒《たるざけ》一樽は大酒豪でも難しいが、人の数倍はあろうドラゴンが同じ量で酔っ払うとなれば、なるほど確かに、下戸と言われても仕方ない。

「それはそれとして、あの勇者、どんだけザルだ」

とはいえ、人類種族の酒量としては十分という意味は変わらない。

すでに転がっている酒樽《さかだる》は四〜五個はあり、その全てをあの体に吸収したのだから非常識な話である。

「メイくん、超人的な体力と身体能力の人だからねぇ。人の数倍吸収して、初めて腹八分目なんだよ」

破天荒なエピソードに事欠かないメイであるが、それでも人間であることに変わりない。

そして、人間である以上、生物としての物理の法則の中にいる。

要は、超人的な力を発揮するには、超人的な量の摂取が不可欠なのだ。

「日常生活を送る分には量も人並みになるんだけどね。ああいう魔力や筋力を使う事態のときには、やっぱたくさん取らないと体が保《も》たないそうだよ」

「意外と燃費悪いんだな、勇者って」

ブルーの説明に、イタクは呆《あき》れた声で返す。

勇者適性、という言葉がある。

人類種族の中で、極稀《まれ》に現れる体質で、常人を超えた能力を有するそうだ。

メイの場合は、「純粋に生命体として規格外の強靱《きょうじん》さ」であったのだろう。

「うおおおおお、まさかルブランまで敗れるとは!?」

「バカな！　あの女、なんであのタイミングであの横棒を取れる!?」

言っている間に、メイとドラゴン族の戦いは、今度は「巨大ジェンガ無制限デスマッチ」に切り替わっていた。

「はっはっはっ、次は誰！　なんなら束になってかかってきてもいいのよ!!」

「おのれぇ。次は俺だ！」

勝ち誇るメイに、さらに挑むドラゴン族たち。

両種族の誇りと意地とその他いろんなものを賭《か》けた戦いは、まだ終わる兆しが見えなかった。


そしてさらに翌日――クゥ、そしてクゥの中に宿ったゼオスは、またしても救貧院に向かった。

そこで、なにをするわけでもない。

そこに収容された人たちを眺め、時にはちょっとした作業を手伝ったりするが、その程度である。

翌日も、さらに翌日も、ゼオスの希望で、クゥは訪れる。

ちなみに、あの老人の姿は、あれ以降見なかった。

「皆さん、並んでください。大丈夫です、ちゃんと分け合えば、全員分ありますからね」

その日は、ポエルが慰問に訪れていた。

神官長の地位にありながら、貧民たちに手ずから炊き出しを行う彼女の姿に、涙を流し拝む者もいる。

もはや、聖人聖者を超えて、生き神様のような扱いだ。

「やっぱり、素晴らしい方ではありませんか、ポエル様は」

『…………』

心中のゼオスに、クゥは言う。

不思議なもので、姿は見えないが、自分の中に宿っているというだけで、ゼオスが現在どのような表情をしているかが、なんとなくわかった。

『量が、少ないですね』

とくにゼオスの表情に変化はない。

クゥの言葉に心動いたところもなければ、まるで最初から聞いていなかったように、視線の先にある、貧民たちに配られている器に盛られた食事の量を見ている。

「そりゃ、これだけの人がいるんですから、みんなが食べきれないくらいの量を分けるなんて無理ですよ」

『そうでしょうかね』

「なにが言いたいんですか？」

クゥの声に、少し陰が入る。

彼女にしては珍しい、怒りのこもった声であった。

『今でさえこの量です。働き盛りの成人男性には足りないでしょう。でもさらに数は増えるでしょう』

貧者の数は増えることはあっても減ることはない。

こうしている現在も、あらたな収容設備を準備するべく、他の僧侶《そうりょ》たちが動いている。使われなくなった倉庫を改修している真っ最中だと、クゥは聞いた。

『数が増えても、物資が足りなければ、いずれ育ち盛りの子どもや、栄養が必要な病人にも足りなくなりますが、そのときはどうするのでしょうね』

「それは、だから……」

『…………』

「そうだ！　お金を持っている他の人に出してもらうんですよ！　それなら……」

『それも手ではあります。しかし……』

クゥの発案に、ゼオスが異論をもって返そうとしたところで、その男が、クゥにぶつかる。

「いたっ！」

思わず声を上げてしまうほどの、そこに「誰かがいる」ことなど意に介していない者の衝突だった。

「え……」

さすがのクゥも不機嫌になり、その男の顔を見る。

見たところで、言葉に詰まった。

「いた……あのアマ……」

ポツリと、男がつぶやいた。

ボロボロの服に、瘦《や》せこけたひげだらけの顔、そして、目だけがギラギラと、追い詰められたように憎悪の炎をたぎらせていた。

（なに、なにこの人……なにか、おかしい……）

あきらかに、他の貧民たちとは雰囲気が違う。

彼は視線の先に、笑顔で他の貧民たちと接しているポエルを見ると、懐からなにかを取り出す。

（それは……）

「ポエル！　死ね――!!」

クゥが、男が手に持っていたそれがなにか気づいたのと、彼が駆け出したのは同時だった。

「誰か止めて！」

クゥは叫ぶ。

「その人、刃物をもってる！」

男は、握りしめたナイフを振りかぶり、ポエルに襲いかかった。

悲鳴を上げる貧民たち、みな一斉に逃げ出し、ポエルまでの道が一直線に開く――とは、ならなかった。

「退《ど》け、退けお前ら！　ぶっ殺すぞ！」

貧者たちが手を広げて壁となり、男の襲撃を阻《はば》む。

理性を半ば失い、半狂乱になっていると思われた男であったが、その光景に圧倒され、足が止まる。

「やめろ、やめろ」

「なんてことをするんだこの不埒者《ふらちもの》め」

「ポエル様に手を出すなど、なんと罰当たりな」

「刺したければ私を刺せ」

女が、子どもが、老人が、病人が、足や手が不自由なものが、立ちはだかる。

「お前ら騙《だま》されてんだ！　この女は、この女は——」

男の目に、涙が滲《にじ》んでいた。

叫び、怒鳴り、己の正当を訴えようとしたが、その前に、聖堂兵たちが駆けつけた。

「このやろう、なんて真似《まね》を！」

問答無用で、槍《やり》で殴りつける。

刃を突き立てはしなかったが、それでも太い柄の部分で、容赦なく殴打する。

「くそっ！　違う！　違うんだ！　その女は、ポエルは俺の街を……」

「黙れ！　死ね、このクズが！」

「恥晒《はじさら》しが！　自分が何をやっているのかわかっているのか愚か者め！」

男の顔も、鬼気迫り狂気を感じさせたが、殴りつける聖堂兵たちも、一種異様であった。

仮にも神に仕える僧侶《そうりょ》でもあるはずの彼らが、それこそ、自分たちが信奉する神を穢《けが》されたかのような怒りと殺意で殴りつけている。

男にもはや抵抗の意思はない。

ナイフはすでに取り上げられ、うずくまり、頭を覆い、殺されないようにするのが精一杯だった。

いくら凶刃の者が相手といえど、限度があろうというひどい対応。

しかし、周りの群衆の中にも、止める者はいない。

「いいぞ、やっちまえ！」

「そうだ！　このまま殺してやるのが慈悲ってもんだ」

彼らは、「笑って」いた。

まるで、祭りの日に上演される、人形劇を見るような。

「正義の味方」が「悪者」をやっつける光景を眺める童のように。

その目には輝きさえ宿っている。

（これは、なに、え……）

クゥの心に、激しいざわつきが生まれる。

この光景はおかしい、なにかがおかしい。

そう感じたタイミングを見計らったように、演目は次に移る。

「皆さん、もうおやめなさい」

当の、命を狙《ねら》われたポエルが、温かな、慈悲に溢《あふ》れた声を上げる。

皆が一斉に振り向く。

ポエルは、口元に手を当てたまま、微笑《ほほえ》んでいた。

「その御方を赦《ゆる》して差し上げましょう、人は時に間違いを犯します。ですが責めてはなりません、赦しこそが肝要です」

まるで、三文話に出てくる聖人のようなセリフ。

なんのひねりもない、よくできた構文のような言葉。

「おお、さすがポエル様だ」

「あのような者にも赦しを与えるとは、なんと慈悲深い」

だが、それは群衆たちにとって最高の見世物であったらしい。

皆が涙を流し喜び、彼女を崇《あが》めたてまつる。

ようやく「正義の鉄槌《てっつい》」を免れた男は、すでに虫の息となり、骨もあちこち折れているのか、体を痙攣《けいれん》させ倒れている。

「その方を、然《しか》るべき場所へ……連れて行ってください」

決してポエルは、自分を殺そうとした男を責めようとしない。

あくまで、哀れな者を慈《いつく》しむ視線を隠そうとしない。

彼女が隠しているのは、癖なのだろうか、手で覆った口元だけだった。

「オラ、立て！」

「殺そうとした相手に庇《かば》われてたら世話ねぇな」

聖堂兵たちが、男を無理矢理立たせる。

まともに歩くこともできない男を、引きずるように「然《しか》るべき場所」とやらに連行する。

そして、再び場はもとに戻る。

いやむしろ、その前よりも、場は和み、穏やかな空気となった。

悪逆非道な「公共の敵」が排除され、まるで、場が清められたかのような雰囲気すらある。

「……ええ」

その中で、一人クゥは困惑していた。

なにかの、とてつもない違和感に、頭ではなく体が――否《いな》、彼女の魂ともいえるものが、警鐘を鳴らしていた。

『クゥ・ジョ……しばし、体を借ります』

そんなクゥの困惑を知ってか知らずか、ゼオスが、「体の支配権」を求める。

霊体としてクゥと一体化しているゼオス。

彼女はその気になれば、依代《よりしろ》であるクゥの体を自分のものとして使うことができる。

昨日の、老人との遭遇の時は、ゼオスは勝手に支配権を奪ったため、クゥに怒られた。

なので、今回はちゃんと、事前に断りを入れた。

「え、え、え、え、うわっ!?」

戸惑うクゥであったが、「いいですよ」という許可を与える前に、クゥの目の色が変わり、ゼオスの意識が表に出る。

「……あら？」

「どうやら、見えてきましたね」

慌てず、しかし目立たず、滑るような足運びで、ゼオスは連行される男の後を追った。

そして、クゥの姿が見えなくなったことに気づき、ポエルが小さく声を上げる。

「うーん……」

しばし、なにかを考える。

「いえ、そんな気にすることはないと思いますよ」

そう言って、見えない誰かに返すように、つぶやく。


「おい、止まるな！　歩け！」

「あ、足が折れているんだ……もう少し、ゆっくり……」

「ざけんな、自業自得だろうが!!」

連行される男に、聖堂兵たちは容赦ない。

彼らが男を連れて行こうとしているのは、大神殿の懲罰房。

一つの都市に等しい大神殿。

当然、一般社会における、刑務所に相当する施設もある。

それが懲罰房であり、本来は、僧侶《そうりょ》たちが反省のために入れられる場所だが、不埒《ふらち》な行いをした参拝者を収監する機能も持つ。

「なぁおい、こいつどうする?」

「どうするってなぁ」

男を両側から抱え、引きずっていた聖堂兵たちは、処理に困るゴミの後始末を任されたような会話を交わす。

「こんなやつのために、お医者の先生を煩わせるのももうしわけなくないか?」

本来ならば、罪人とはいえけが人はけが人。

まず医者に見せ、手当てを施した後に裁きを下すのが、正しいやり方である。

「そうだなぁ、ポエル様も『然《しか》るべき場所へ』とおっしゃったわけだしな」

兵士たちの顔に、邪悪な愉悦が走る。

醜く、愚かで、救いがたいモノを「処分する」、嗜虐《しぎゃく》的な笑みを浮かべる。

「報いを受けるべき地獄も、『然るべき場所』だよな」

「なぁ」

周りには、誰もいない。

誰も見ていないし、こんな汚らしい頭のおかしい男の一人、いなくなっても誰も気にしない。

川にでも捨てれば、流されてそのまま大神殿の外に運ばれ、腐って朽ちて、骨も残らないだろう。

「や、やめろ……」

ようやく、自分の命の危機に気づいた男は恐怖に震えるが、それすらも兵士たちには「娯楽」であった。

「何言ってんだよ、全部てめぇの自業自得だろうが」

兵士が、腰に下げた剣を引き抜く。

喉《のど》でも胸でも、突けば一撃で終わるだろう。

「おやめなさい」

だが、それが下される前に、クゥ——の体に宿ったゼオスが、兵士たちを止める。

「な、なんだよアンタ!?」

小柄な少女が、仮にも兵士の男の手を片手でつかみ、それ以上の蛮行を許さなかった。

「やめろと言っているのです」

次の瞬間、ゼオスはするどい手刀を繰り出し、兵士たち二人をまたたく間に失神させる。

ただの肉体的なダメージではない。指先から強力な「神気」を打ち込み、一時的に神経を麻痺《まひ》させる一撃。どんな屈強な大男でも耐えられない。

「さて……」

またたく間に兵士二人を声を上げる間もなく卒倒させたゼオス、あらためて男を見る。

「ひいいいっ!?」

怯《おび》える男。無理もない。

兵士たちに私刑を加えられるかと思ったら、謎《なぞ》の少女が現れては、何をされるかなど想像の範囲を超える。

「こ、殺さないでくれ！　俺はただ、街を潰《つぶ》したあの女に復讐《ふくしゅう》したかっただけなんだ！」

「ですからそこらへんの話を詳しくお聞かせ願いたいのですが」

「ひいいいい！」

「うーん」

うろたえる男は、まともにゼオスの話を聞かない。

まずは落ち着かせる必要があるが、道端では難しい。

さてどうしたものかと思ったところで、聞き覚えのある声がかけられる。

「こっちやこっちや」

「おや、あなたは」

先日出会った、私度僧――と思わしき老人であった。

しばし後、ゼオスは凶刃の男を担ぎ、老人にいざなわれ、裏路地の奥にある倉庫に入る。

「ここは？」

「ワシの秘密基地や」

「ほう？」

尋ねるゼオスに、老人はおかしそうに笑う。

大神殿は年々増築が繰り返されている。

そういった都市では、どれだけ計画的な開発を行っても、必ずどこかで見落としが発生する。

「ここはな、神官長府の区画整理表にも載っとらんから、安心せぇ」

お役所仕事というのは、たとえ目の前にあっても、書類に記載されていなければ「なかった」ことになる。

この場所は、そういった類《たぐ》いのものなのだろう。

「ううう……」

ここまでゼオスに担がれてきた男が、さらに苦しげにうめき出す。

大の男を運ぶなど、クゥであったならできなかったろうが、天使のゼオスが宿ったことで、身体能力も増幅されていたのである。

「なんややばそうやの」

老人が男を覗《のぞ》き込む。

かなり容赦なく兵士たちに殴打されていたので、足や手の骨だけでなく、肋骨も折れ、内臓に刺さっているのかもしれない。

だとすれば、命の危機もありえる事態である。

「ほいほいほいっとな!」

老人が、まるで踊るような動きで手をかざすと、乳白色の光が手から溢《あふ》れ、男を包み込んだ。

「うう……うう………うう~……ん?」

苦しげにうめいていた男の顔から、脂汗が引き、痩《や》せこけていた頰《ほお》には赤みすらさした。

「回復魔法、ですか」

さして驚いた顔もせず、ゼオスが言う。

治癒魔法は、ケガは治すが、その力は魔法をかけられた当人の体力を引き換えとする。

故に、重傷を負った者が衰弱状態にあれば、「肉体は治っても体力が失われ衰弱死する」危険性もある。

「ま、いろいろな」

だが、老人が使った魔法は、かけられた者の体力自体を回復させる魔法である。

魔法としてのレベルは、こちらの方が遥《はる》かに高く、勇者のメイや魔王のブルーでも使えな

い、神聖魔法と呼ばれるほどの超高等魔法なのだ。

「驚かへんねな」

「はぁ、まぁ仕事柄」

「さよけ」

少なくとも、通りすがりの浮浪者と見紛《みまが》う老人が気軽に使えていいものではないのだが、まったく動じないゼオスに、老人は拍子抜けした顔になった。

とはいえ、これで、男に話を聞くことができる。

「体調も戻られたようなので、お聞きします。なぜポエル氏を殺そうとなさいました？」

「……それは」

ゼオスに問われるも、男は口ごもる。

話したくないのではなく、なにから話せばいいか、彼も上手《うま》く整理できないのだろう。

「不健全都市指定を食ろたんやろ」

代わって、老人が話す。

「なんでわかるんだ……？」

「他にありえへん、あの小娘を殺そう思うなんてな」

老人は、今回の事態をほぼ正確に把握しているようであった。

「どういう意味です？　不健全都市とは？」

「まぁ文字通りのもんや」

ゼオスに問われ、老人は苦い笑みを浮かべながら話す。

「街道沿いの宿場町とかあるやろ、ああいうとこは、人の出入りが多い。人の出入りが多いいうことは、金の出入りが多いいうことや、つまり……わかるやろ？」

金の流れが起こるということは、需要と供給が生まれるということ。

飲食店、宿泊業、販売業、様々である。

「その中には当然娯楽屋も入る。きつい旅の途中やからな、そういう息抜きもないとやってかれん。あとはまぁ、〝旅の恥はかき捨て〟とも言うやろ？　旅先でしかでけへん遊びもあるわな」

ニタリと笑い、老人は片眉《かたまゆ》を上げた。

人はパンのみにて生くるにあらずと言ったのは誰だったか、辛《つら》い日々を癒《い》やす慰めがなくば、人は生きていく気力を失う。

そのため、様々な「楽」を求めてきた。

酒や煙草《たばこ》しかり、甘味しかり、これらはことごとく必須の栄養の摂取ではないが、人は口に入れる。

「酒場やら賭博《とばく》場やら、あとはまぁ……売春宿やな、人の欲を満たすもんは売れるからな」

老人の話を聞きながらも、ゼオスは感情を乱さない。

それに感情を乱す理由を、彼女は持たないからであった。

「そうだ……俺の街は、そうやって旅人相手に商売を営んで暮らしていた。そこにあの女が現れやがったんだ」

老人の話が呼び水になったか、男は話し始める。

「俺はその時、仕入れで街を空けていたから、後から聞いた話だけどな……」

ゆっくりと、男は話し始める。

男の故郷は、すでに述べたように、街道沿いの宿場町だった。

特になんの特産品もなく、街道を行き来する旅人や行商人たちが落としてくれる金を目当てに、産業を推し進め、それなりに安定していた。

「あの女は『この街には、参拝のための旅人も通る。彼らの前でこのような不純な街並みを見せないでほしい』と、言ってきやがった」

それが、「不健全都市指定」であった。

とはいえ、それがなんらかの効力を持つものではない。

あくまで、大神殿が、「あの都市は健全とは言い難い」と認証するのみである。

実際、ポエルも、なんらかの強制をしたのではない。

命じたのではなく、あくまで〝お願い〟に来ただけだった。

「街の奴《やつ》らは困ったよ。一応は大神殿の神官長様だ。でも、それは俺らに飢えて死ねって言うのと同じだ。なので、丁重にお帰り願ったさ。だがそれが始まりだった」

ポエルは驚くほどあっさり引き下がる。

ただし、この上なく悲しげな顔をして。

それから数日と経たぬうちに、それらは起こるようになった。

「街のあちこちで、不審火が起こり、店が丸焼けになった。酒場に酒を卸す業者が、いきなり取引を停止し始めた。些細《ささい》な罪で、いつもはろくに仕事もしない役人どもが、賭場《とば》の常連たちを逮捕し始めた……」

それらは少しずつ、だが確実に、街を締め付けていった。

商売がしにくくなり、廃業を迫られる者が現れ始めた。

一つの店が閉じれば、その店に品を卸していた店も苦境に立たされる。

「俺たちも抵抗したよ、何度も役所に陳情に行ったり、卸業者に協力を頼んだり、自警団を組織して火付けを捕らえたりした」

その火付けの犯人が口にしたのである。

「ポエル様の言うことを聞かないからだ」と――

「そして、やっとわかったんだ。皆、あのポエルの仲間だったんだ！　そいつらが結託して、街をやっていけないようにした。ついには街は、潰《つぶ》れた……」

連鎖反応的に廃業が相次ぎ、支払いが滞ったことで、卸業者も撤退する。

まともな収益が上がらなくなれば、従業員はいなくなる。

ろくな品もない、サービスも悪い店には人は寄りつかない。

旅人たちは、男の故郷の街に立ち寄らず、素通りして次の街に行くようになり、最後には残った店も廃れる。

「街はどうなったのです？」

「どうなったもこうなったもねぇさ」

男は、口惜しげにゼオスに返す。

「もともと、畑仕事だけじゃやってけない場所だったからな。もう誰も残っちゃいない。廃墟《はいきょ》があるだけだ」

ドンと、男は床を叩《たた》く。

「食ってけなくなった街の連中は、流民となった。他の街に移った者もいるが、大半はろくな仕事も見つからず、そして……この大神殿に流れ着いて、救貧院で食い物をめぐんでもらっているよ」

街を潰《つぶ》した張本人であるポエルにすがって生きる羽目になった。

その悔しさが、彼を凶行に走らせたのだろう。

「あの女が、あの女のせいなんだ！　全部アイツが、裏で糸を引いていたんだ!!」

「ちゃうんで」

叫ぶ男に、老人が冷水をかけるように告げる。

「だって、でも……」

「アイツはなんもしとらん。お前さんらがとっ捕まえたヤツらも、一人でも『ポエルの命令』なんて言うたんか？」

「いや、それは……」

図星であったらしく、男は口ごもる。

「アイツはなんも言わへん、命じたりせぇへん。ただ、言うただけやろうな……『お願いしたけど聞いてもらえなかった、悲しい』てなことを」

老人の推測は、おそらく正解なのだろう。

ゼオスは、先程の聖堂兵たちの姿を思い出す。

ポエルは「然《しか》るべき場所へ」としか言っていないのに、それを勝手に解釈し「罪人が行くのにふさわしい場所は地獄だ」と、男を殺《あや》めようとした。

「それがアイツのいつものやり方や。アイツ自身をどんだけ探っても、なんも出てこぉへんで？　もしお前さんがアイツを殺せたとしても……」

そこでグビリと、老人は酒瓶を呷《あお》った。

「悲劇の聖女としてアイツは伝説になり、お前さんは愚者として語られる、それだけの話や」

言外に、「お前の失った故郷も、聖女によって消えた、〝存在してはならなかった街〟となるだろう」と、老人は含んでいた。

「くっ、くうううっ……」

悔しさとやるせなさに、男は肩を落とす。

ぼたぼたと、悔し涙をこぼれさせる。

尊厳を奪われ、一方的な立場で踏み潰《つぶ》された者の、「返す言葉も失った」絶望が、そこにあった。

「で、どないすんのやお前さん。大神殿におったら今度こそ殺されんで」

このままでは、仮に正規の手続きを経て懲罰房に入れられても、房内のポエルの信奉者《ファン》が彼を殺すだろう。

同じ罪人か、もしくは牢番《ろうばん》が。

「ご老人、あなたならなんとかできるでしょう？」

万事理解の上というように、ゼオスが言う。

「なァん？　そないなこと言うたらアンタかて……」

苦い顔で返す老人だったが、言葉を止める。

「ああ、いやまぁ、そうもいかへんか……わかった。なんとかしよ」

「で、できんのかよ？」

男は困惑している。

大神殿は、入るときだけでなく、出る際も正門を通らねばならない。

そこに手配書が回されていれば、一巻の終わりである。

「蛇の道は蛇言うてな、なんとでもなる。まぁ、ちょっときついかもしれんけど、我慢し」

とはいえ、これだけ巨大な都市である。

諸物の流れを、常に完全に完璧《かんぺき》に管理するなど無理な話。

例えば、都市内で大量に排出される廃棄物を運び出す裏門なり、汚水を流す下水道なり、道はいくらでもあるのだろう。

そして、老人はそういった方向にも顔が利くようであった。

「ご老人、ついでに、私にも協力を願えますか？」

「ああン？　欲しがりにもほどがないか？　アンタ、礼金は払われへんのやろ」

先日もであったが、ゼオスは職務の関係上、たとえ協力者でも謝礼を支払うことはできない。

「ですが、あなたは聞くべき人だと思いましたが？」

「ちっ……足元見よるなー」

ゼオスの告げた言葉は、老人には「痛いところ」だったたか、渋々と承諾する。

「で、なにをせぇっちゅうんじゃ？」

「それはですね」

この〝秘密基地〟にしろ、罪人を秘密裏に逃がす経路を把握していることにしろ、老人はこの大神殿の裏に通じているのは確か。

だからこそ、知りたいことを調べてくれる相手であった。

その日の夜、もうそろそろ、滞在して一週間になる、クゥの泊まっている宿坊。

彼女の部屋には、クゥしかいないが、中に宿るゼオスも合わせれば二人である。

そこで、傍《はた》から見れば、独り言にしか見えない会話が交わされる。

「ポエル様は、ご無事なんでしょうか？」

『彼女は傷一つつけられていませんよ。少なくとも、命に関わる外傷は一切負っていないでしょう』

今日あった出来事と、その後の、彼女の影響力によって街を滅ぼされた男のことは、クゥも知っている。

その上で、なおもクゥが最初に口にしたのは、ポエルの安否であった。

『色々と、ようやく解《わか》ってきました』

「あの、ゼオスさんが大神殿に来たかったのは、税務調査ですよね」

『そうですよ』

「それとこの件がどう関係するんです。ポエル様は無関係でしょう？」

『……………』

わずかに、ほんのわずかにだが、ゼオスはため息を吐《つ》く。

「ポエル様は自身の給金すら寄付し、身を粉にして弱者のために尽くしている人です。脱税の疑いとは、あまりにも無縁ではないですか？」

『税務調査を行う際、調査対象の身辺を調べます』

クゥの言葉に正面から返さず、ゼオスは語る。

『脱税は、簡単に言えば、「一度手にした金を、納税という形で手放したくない」という欲望から起こります』

「ですから、ポエル様はそれとは無縁の――」

『なので』

ゼオスは、やや無理矢理、クゥの言葉を遮って続ける。

『調査対象が、〝どんな欲を持っているのか〟を見定めることこそ、重要なのです』

「はぁ……？」

わけがわからないという顔を、クゥはする。

無私無欲のポエルを、どのように調べてそんなものをほじくり出すのか、彼女には理解できなかったのだ。

『来たようですね』

「え？」

カタンと、窓が揺れた。

宿坊の窓枠に、なにかが挟まっている。

『体の支配権を借ります』

「え、ちょ、待って……」

またしても、クゥの返答を待つ前に、ゼオスは彼女の体を乗っ取る。

「さて」

座っていたベッドから立ち上がり、挟まっていたそれを引き抜く。

それは、ゴミ箱から拾ってきたようなボロ紙であり、その紙に、なにかが書かれていた。

「仕事の早い方ですね」

少しだけ口端を上げると、ゼオスはその紙を、燭台《しょくだい》に置かれたろうそくにかざし、燃やして捨てる。

『あの、ゼオスさん、なんなんですか？　さっきのは？』

支配権が入れ替わったことで、今度はクゥの声が、ゼオスの心の中に響く。

「ええ、ちょっとした調査書ですよ。さて、今日はもう少し遅くまで働いてもらいますよ」

窓を開け、ゼオスは宿坊外に出ようとする。

本来なら、もう外出時間は過ぎており、門は閉じられている。

それでもなお外に出ようとしたら、この方法しかない。

『ど、どこに行くんですか!?』

「決まっているでしょう」

とんと窓枠を蹴《け》るように跳ぶと、クゥの背中に、羽が生える。

それは、天使のゼオスの持っていたもの。

それを、一時的にクゥの体に発現させたのだ。

「神官長府ですよ。脱税の証拠を摑《つか》みに行きます」

そう言うと、ゼオスは夜の大神殿の空に飛び出した。


神官長府は、巨大な府庁が一つあるだけでなく、それに付随する様々な関連施設をもって「神官長府」と称されている。

クゥがポエルと対面した場所は、その中の一つに過ぎない。

ゼオスが、昼間、例の老人に頼んで調べてもらったのは、神官長府内の財務部署、その最重要エリアである、「大金庫室」であった。

『勝手にこんなとこ入っていいんですかぁ!?』

頭の中で、クゥの悲鳴のような声がこだまする。

「いいんです。これも税天使に認められた権限の一つです」

『ホントかなぁ……』

しれっと、かなりダーティーな行為を行うゼオス。

いくら税務調査のためとはいえ、私有地の立入禁止区画に入り込むことが、果たして合法なのか、クゥは考えないことにした。

「ここに、大聖堂に納められた、諸国からのお布施が全て収まっています」

大聖堂は、人類種族の宗教的中心地。

世界各国から、大量の金が、お布施として納められる。

クゥの推測では、毎月の寄付金だけで、国家予算級である。

「大聖堂は、その集まったお布施を、〝慈悲〟の名目で『無償で与える』ということを行っています。ただし、それを受けた側は、その慈悲の額の何割かを増した金額を、お布施として再び納めなければならない」

それは、限りなく金融業に近いが宗教活動の名目で、非課税とされている。

ゼオスは、それこそが、大神殿で行われている脱税行為の核であると予想した。

『でも、グレーではありますけど、違法行為ではないでしょう？　実際に、それで助かっている人たちも多いわけですし』

大金庫のある建物に潜入したゼオス。

その頭の中で話し続けるクゥ。

『ドラゴン族への融資にしてもそうです。通常の人類種族の金融機関では、話すら聞いてもらえるか怪しいです。ポエル様のおかげで、助かっている人はたくさんいるんですよ！』

「クゥ・ジョ、気づいていますか？」

『え？』

「あなたはいつの間にか、神官長ポエルを、まるで自分の主のように呼んでいますね」

『え……？』

気づかぬうちに、クゥはポエルのことをずっと「ポエル様」と呼んでいた。

彼女のいないところでも、彼女の話をする際に、まるで崇拝する存在を見るように。

ブルーやメイにすら、そんな呼び方はしていないのに。

『あれ、わたし、あれ……？』

「神官長ポエルの〝慈悲〟名目での金融事業、それだけならまだ違法とはいい切れません。しかし……」

大金庫室は、いくつもの扉に分かれていた。

納められた膨大なお布施を、各所に分けて保管している。

「例えば、その宗教行為としての金融取引を利用し、大規模な脱税行為に手を貸す……マネーロンダリングを行っていたとしたら、どうします？」

『そんなの、どうやって……』

ゼオスの問いに、クゥはまともに答えられず、うろたえている。

精神内でも、その動揺は伝わる。

まるで、迷子の子どものようであった。

（これはやはり、黒ですね……）

ゼオスの知るクゥならば、すでにここまでヒントが並んでいれば、とうにそのからくりに気づきそうなものである。

だがそれができない。

無意識のうちに、「ポエルがそんなことをするわけがない」と考えてしまい、思考が働いていないのだ。

「私は、あの老人に頼み、ただこの大金庫の場所を教わったのではありません」

その程度の情報ならば、ゼオス単独でも突き止めることは可能だった。

「私が知りたかったのは、『ポエル以外に開くことが許されない金庫』です」

他の神官長はおろか、大神殿のトップである大神官ですら手が出せない、絶対の禁忌の場所。

あるかどうかもわからなかったその区画だが、ゼオスの予想通り、それは存在した。

「それが、この金庫です」

居並ぶ多くの金庫の最深部にある、最も頑丈な扉に守られたそれこそが、目当ての場所であった。

『ここに、ポエル様が違法に蓄えたお金があるとでも言うんですか？』

「さて、どうでしょうね」

そんなわかりやすい証拠など、彼女は残さないと、ゼオスは読んでいた。

おそらく、この先にある光景は、間違いなく、〝アレ〟であると。

「ん……」

手を伸ばし、金庫のノブに手を触れたところで、ゼオスは小さく呻《うめ》く。

「これは、厄介な……」

鍵《かぎ》がかかっている――ということは、問題ではない。

ここに至るまでに、いくつも施錠された扉があったが、「地上の民を退ける戒《いまし》め」など、「天界の使い」であるゼオスの前には紙も同然である。

この天使の能力を用いて、いつも魔王城内に音もなく忍び込んでいるくらいだ。

「カサス、ですか」

つぶやくや、空間に光の紋章が浮かぶ。

それは、認天使カサス・ルゥのかけた封印。

「この先、立ち入ること能《あた》わず」の封印であった。

『入れないんですか……？』

「はい、この封印は、天の者も、地の者にも、侵入を拒みます。私の力では解除できません」

天の者とは、すなわち神々や天使。

地の者とは、すなわち人間や魔族など。

『どうしようもないじゃないですか、天使のゼオスさんも、人間のわたしも入れないんでしょ？』

「大丈夫です。これも予想の範囲内」

『え？』

言うや、ゼオスは自分の手のひらを——正確には、クゥの手のひらを、胸に当てる。

直後、クゥの体がまばゆい光に包まれた。

「な、なんです？　なにをしたので……あれ、体が戻ってる？」

クゥが気づいたときには、彼女に体の支配権が戻っていた。

だが、なにかおかしい。

妙な違和感がある。

「いつもより目線が高い……？」

小柄な、同年代の少女より小さい自分が見慣れた視界とは、異なる角度となっていた。

それだけではない。

クゥの手のひらは、自分の胸に押し当てられたままである。

その感触が、よく知ったそれとも異なっていた。

「え、え、え、あれぇ!?」

見える範囲で、手を、足を、体を肩から回って腰のあたりと見回す。

変わっていた。

といっても、別人になったのではない。

大人、になっていた。

「どういうことですゼオスさん!?」

『簡単な話です。人でも天使でも入れないなら、そのどちらでもないものになればよいのです』

クゥの頭の中から、しれっと答える税天使。

彼女の体は、人間の年齢にして三〜四歳ほど成長し、かつ、背中にはゼオスの羽。

髪色や目の色、さらにはまとう服まで、ゼオスの普段のそれに近いものとなっていた。

『はるかな昔、とある魔術師が、自分自身に無敵の術をかけたというお話をご存じですか?』

それは、人類種族に伝わるおとぎ話。

ある魔術師が、『天にも人にも魔にも獣にも害せない肉体』を得る魔法を完成させた。

その力を駆使して、誰も止められない暴虐を働いたのだが、アストライザーによって遣わされた、正義の天使サンライトは、「人の形をして、魔族の肉体を持ち、獅子《しし》の頭を持つ戦闘形態」となることで、その魔法を無効化し打ち倒したという。

すなわち「それぞれの種族の特性を有しながらも、そのどれでもない存在」となることで、相手の無敵の壁の条件付けをクリアしたのである。

『それと似たようなものです。今のあなたは、私と融合したことで、天使であって天使でなく、人であって人でない者になりました』

ゆえに、カサスの封印も、突破が可能となるのだ。

「なんかトンチみたいですねぇ」

『こういったものは、帳尻《ちょうじり》と辻褄《つじつま》が合っていればどうとでもなるものです』

半ば呆《あき》れた口調のクゥに、ゼオスは天使としてはどうなのだろうと疑問を覚える答えを返す。

「この体も……ゼオスさんの天使の力が流れ込んだからなんですか？」

伸びた手足に、育った自分の肉体……まるで他人の体に宿ったような不思議な感覚であった。

『ええ、天使の力が流れ込んだので、それにふさわしい形に一時的に変わりました』

今まで行ったように、翼を生やす程度ならば、通常の状態で問題ないのだが、さすがに「天使と人間」が半分半分に両立した状態となると、肉体も相応の変化を遂げる。

『これが、あなたの数年後の成長した姿です』

「え？」

ゼオスの言葉に、少しばかり、クゥは喜びの混ざった声になる。

なにぶん、同年代と比べても、小柄で幼く見えるクゥである。

大人になってもこのままなのかなぁと、ちょっとだけ気にしていたのだ。

『ただし、あくまで、その肉体が本来のポテンシャルを活かせば、の姿です』

「はい？」

頭の中のゼオスが、条件を明示する。

『あなたは日頃から少食ですからね。ちゃんと栄養と睡眠を取らないと、骨も筋肉も育ちません。気にしていたのなら心がけたほうがいいですよ』

「う……はい……」

ワーカホリックの傾向があるクゥ。

仕事が忙しくなると、食事も睡眠もおろそかにしがちである。

「食べざかりの育ちざかり」の頃合いの少女が、「寝る子は育つ」をしていないのでは、そりゃあ、育つはずのものも育たない話なのだ。

『では、お願いします』

体の支配権を戻した以上、金庫の解錠は、クゥの意思で行わなければならない。

ゼオスに促され、再び金庫に手を伸ばす。

『上手《うま》くいきましたね』

今度は、カサスのかけた封印の紋章は現れなかった。

ガチャリと、閉ざされていた鍵《かぎ》が開き、自ら迎え入れるように金庫の扉が開く。

「これは……」

開かれた金庫の中を見て、クゥは目を見開く。

『やはり、思ったとおりでした』

クゥの中で、ゼオスは目を細める。

そこには――なにも、なかった。

1イェン硬貨すら、転がっていない。

まったくなにもない空っぽの空間があるのみであった。


それは、ゼオスの予想通りの空間であった。

なにもない空っぽの金庫、本来ならば、諸国より納められた大量のお布施――寄付金が収まっているはずのそこは、空っぽだった。

「なにもない……なんでなにもないんですか……?」

ゼオスとは逆に、クゥは困惑し、戸惑い、なにもない金庫内を見渡している。

庶民の家ならば、数軒まるごと入りそうな広大な金蔵。

「なにもないということは、やはりポエルさんは脱税行為に加担していない……?」

『…………』

信じたいものだけを信じようとする者の言葉。

と思われたが、クゥの顔は、それを否定していた。

「違う、これは違う！」

ゼオスは気づく。

今まで、どこか靄《もや》がかかっていたようなクゥの目に、いつもの輝きが戻っていたことを。

「なにもないことが、なによりの証拠、そうなんですね、ゼオスさん！」

『正解です。といいますか……やっと調子が戻ったようですね』

「え？　あれ……そういえば……」

大聖堂に来てから……否《いな》、正確に言えば、ポエルと会って以降、クゥの様子はおかしかった。

彼女に自覚がないのは当然だが、まるで混ざりものの多い安酒を呑《の》んだか、神経に作用する麻薬をかがされたような、「冴《さ》えない」状態が長く続いていたのだ。

「わたし、どうしてたんだろう……あれぇ？」

『まぁ、それは後です。それで、この状況をどう見ました？』

「はい」

ゼオスに促され、クゥは、自分の中で導き出した答えを告げる。

「これは、〝カクウトリヒキ〟です」

『ええ、そうでしょうね』

カクウトリヒキとは、帳簿の上でのみ取引を行い、実態よりも大きな業績があるように見せかける偽装工作。

〝ユウカショウケンホウコクショキョギキサイ〟の罪に問われる、立派な詐欺行為である。

先の魔王城乗っ取り事件の際には、センタラルバルドがこれを行い、自分の財産を実態よりも大きな時価総額があるように見せかけることで、大量の融資をだまし取った。

「ですが、センタラルバルドさんの時とは違います。これはおそらく、税金逃れのための〝カクウトリヒキ〟です」

『ええ、よくも思いついたものです』

ゼオスは、呆《あき》れ果てた末に、逆に感心すら覚えていた。

『大神殿の行う〝慈悲〟は、表向きは宗教行為ですが、実際は金融取引……要は貸金です』

「大貴族や大商人、さらには国家など、納める税金を少しでも減らしたい人たちに、その〝慈悲〟を持ちかける」

『だが、実際に貸すことはしない。帳簿の上でのみ、『金が貸された』ことになる……だが、それは明確な公的な証明になる、つまり……』

「借金をした、という形になるため、その分の税金が大幅に下がる……!!」

これは、クゥが魔王城の税務調査を凌《しの》いだ際に行った〝トウシ〟に似た理屈の、一種の反則技であった。

税金とは、その年の売上から、売上を得るのにかかった費用——経費——を差し引いた金額である〝所得〟に課税される。

すなわち、仮に1億イェンの売上があっても、その事業のために1億イェンの借金をしたならば、その分の利益は差し引かれ、課税される所得は0イェンとなる。

「この方法の利点は、ただの脱税ではありません。脱税したお金を、『これは大神殿から借りたお金だ』とすることで、表立って使うことができます」

すなわち、脱税と資金洗浄の、二つを同時に可能とした策なのだ。

「無論、大神殿からの〝慈悲〟は借金と同じですから、利子を含めた金額を〝お布施〟の形で納めなければならない。ですが、それも架空……」

おそらく、納めるのは利子相当分のみ。

それでも、莫大《ばくだい》な額ではあるが、納税額より多額であることはない。

「そして当の大神殿は、〝慈悲〟も〝お布施〟も、宗教行為の一環としているため、課税されない……本当に上手《うま》く考えたものです」

クゥは、思わず息を呑《の》んだ。

帳簿の上でのやり取りのみ。

それだけで、税を逃れた額は、何億、いや何十億イェンなのか、想像もできない。

『大神殿側にもメリットはあります』

ゼオスが、さらに補足の説明をする。

『大神殿は〝慈悲〟は貸金ではなく宗教行為としています。通常の貸借契約と異なるのは、返済されなかった時に、法に訴えることができないということです』

〝慈悲〟に対しての〝お布施〟は、実質的な借金の返済だが、表向きは「慈悲を受けたお礼」としている。

したがって、「借り逃げ」しようと思えば可能なのだ。

お礼は善意であって、義務ではないのだから。

また、逃げるのではないが、返済が不可能になった場合も同様に、他の貸借契約のように、所有資産の差し押さえなどはできない。

故に、大神殿の〝慈悲〟と〝お布施〟は、宗教行為とされていたのである。

『ですが、これならば、確実にお金は戻ってきます。利息込みで。仮に戻らなくても、マイナスが出ることはない。そもそもお金が動いていないのですから。まさに……』

「坊主丸儲《まるもう》けです………」

宗教団体という特異な条件を最大限に利用した、大規模な脱税、並びに金融事件。

その証拠こそが、この「空っぽの金庫」なのだ。

お金の取引はあくまで帳簿の上のみの架空取引なのだから、そのお金は存在しない。

だからこそ、ポエルはこの金庫の中身を絶対に見られないようにしていたのだ。

「最初から、貸した金も返済された金もなかった」ことがバレてしまう。

したがって、〝ない〟ことが、最大の証拠となるのである。

『しかし、問題はさらに、根深いところにあります』

ゼオスは、悲痛さの混じった声で言う。

『最大の証拠たる〝空の金庫〟……そこには、認天使カサスの封印がかけられていた……』

メイは、認天使の存在を聞いて、「納税者側の存在」と思ったが、それは誤った認識だった。

正確には、「どちらの味方でもない」なのだ。

納税の義務を負った集団を監査し、その財務が正しいかを判定する者。

それは逆に言えば、違法な財務を行い、脱税行為をしていたのならば、その違法性を認定しなければならない。

もっと言えば、ゼイリシや税天使よりも先に、警告する義務を持つ。

『カサスはこの事態を把握していた。把握しながら、見逃すどころか、隠蔽《いんぺい》に協力し、私を遠ざけようとした、つまり……』

信じられない話だが、それ以外に考えられる理由はなかった。

「そのとおりだ、俺は共犯者なんだよ。税天使ゼオス」

二人の会話が、そこにたどり着くのを待っていたのだろう。

認天使、カサス・ルゥの声が、二人の背中に投げつけられた。

「まったく、本当に困ったもんだ。警告はしていたつもりだったんだぞ」

大金庫室は、防犯の関係もあるのだろう。

窓は小さく、鉄格子がハマり、まともに光は入らない。

ましてや夜中、招かれざる客であるクゥたちを照らすために燭台《しょくだい》に火など灯《とも》されていない。

「しかも、ひと目見ただけでここまで看破されては、もうどうしようもない。頭良すぎるんだよ、お前ら」

したがって、カサスの声は聞こえるが、その姿は見えない。

正確に言えば、暗がりの中に、人影が見えるのみ。

だがそれでも、違和感があった。

天使であるはずのカサス。

なのに、そのシルエットには、背中の翼がない。

さらに言えば、夜闇《よるやみ》の中でもわかるほど、その体型は成人男性のものではなく、むしろ、若い女性――

「あなたは………！」

小窓から、月の光が差す。

そこに映し出されたのは、神官長ポエルであった。

「自分と同じことを、相手ができないと思うのは、危険だぜ。クゥ・ジョ、だったな？」

カサスの声は、ポエルの口から発されていた。

『あなたも、私たちと同じことをしていましたか』

「まぁな、ずっと見てたぜ。ポエルの目を借りてな」

奇妙な光景であった。

慈愛に満ちた笑顔をたたえた美女の口から、嘲笑《ちょうしょう》を含んだ男の声が発されているのだから。

「人間に宿った天使の声は、他の者には聞こえない……ただし、同じ天使は除く、だ。悪いな、お前たちの会話はずっと丸聞こえだったわけだ」

『泳がされていたというわけですか』

「そういうことだ」

だが、そうなると疑問が残る。

『ならばなぜ、さっさと〝始末〟しなかったのです？』

「ふん……」

ゼオスの問いかけに、愉悦の笑みを含んだカサスの声に、わずかに別の色が混じる。

「一応こちらも天使だ。荒事は避けたい。それに……ポエルが嫌がってな」

ここで、ポエルの口から女の声——彼女本来の言葉が出る。

『そのようなことをしなくても、ご理解いただけると思っていたのですが、残念です』

ポエルの笑みは変わらない。

あえて言うなら、眉間《みけん》にわずかに、悲しみを感じさせるシワが寄せられたが、その程度。

「ポエルさん……あなたは、自分がしていることを理解しているんですか？」

尋ねるクゥに、ポエルは動じない。

『これも、弱き者たちを守るためです……』

笑みを浮かべたまま、口元に手を当てるいつもの仕草で返す。

『クゥ・ジョさん……あなたも見たでしょう？　救貧院の人々の姿を』

貧しく、職もなく、行き場を失い、ポエルに助けを求めすがる人々。

彼らの数は一日ごとに増え続け、収容人数は常にいっぱい。

人手も予算も、いくらあっても足りない。

『飢える彼らを、見捨てることなどできましょうか。道端に転がし、寒さに震えさせよと？』

ポエルの行った脱税行為と資金洗浄、それによって得た膨大な裏金は、全て彼ら貧者のために使われているのだろう。

毎日の大量の食事代、増築を続ける宿舎代。

寝床の毛布、寒さをしのぐための薪《まき》、薬などの医療費……それは膨大な金額だ。

それこそが、ゼオスが睨《にら》んだ、「無私無欲に見えるポエルの金の使い途《みち》」だった。

『私はただ、多くの人々を救いたいだけなのです』

淀《よど》みのない、純粋な眼差《まなざ》しで、ポエルは宣言した。

それは、まちがいなく、彼女の本心なのであろう。

だがしかし、クゥはなおも返す。

「本当にそんなことが、救いになると思っているんですか？」

『……………？』

正面からポエルの言葉を聞き、彼女の目を見てもなお、クゥはそれを受け入れなかった。

『驚きました……ここまで私の言葉に耳を貸してくださらない方がいたとは……』

清廉潔白にして、無私無欲な自分の話を聞けば、どんな人間でも、絶対に〝理解〟してくれると信じていたのであろうポエルは、クゥこそがまるでなにかがおかしい、歪《ゆが》んだ存在であるかのような目を向けた。

「無駄だポエル。残念だが、あの娘は税天使の下僕だ」

手がつけられんという風に、呆《あき》れ果て、同時に哀れむような声で、カサスが言う。

「所詮《しょせん》はアストライザーの手下の税天使の、その犬だ。自分が何を言っているかもわかっちゃいない」

言うや、ポエルの体が光を放つ。

それは、現在のクゥと同じ。

人間であるポエルと、天使のカサスが融合した光であった。

『正気ですかカサス……』

にらみつけるような声で、ゼオスが言う。

一瞬の後、ポエルの体にもまた、翼が生える。

肉体の変化まではさせる必要がなかったからか、体は元のままだが、目の色が変化し、カサスと同じ碧色《へきいろ》の光を放っていた。

そしてなにより、それまでは常に微笑であった彼女が、好戦的に、ニタリと歯を見せて笑う。

「こうなった以上、説得は無理。ならば、この手しかなかろう」

ポエルとカサスが融合し、カサスの人格が、その体の支配権を握った。

『クゥ・ジョ、避《よ》けなさい！』

「へ、え？　ふぇ!?」

ゼオスの叫びに、クゥは無我夢中で横に跳ぶ。

跳んだ、と思った直後に、石畳の金庫の床が大きくえぐれ、そのまま壁まで走る亀裂《きれつ》を刻んだ。

「な、なんです!?」

「次は当てる」

ポエル——否《いな》、カサスの姿が、すぐ横にあった。

まるで、瞬間移動したかのような高速で、一瞬で迫り、クゥに攻撃を繰り出したのだ。

当たれば、いかに天使と融合した状態といえど、ただでは済まなかった。

相手を、〝殺す〟つもりでの一撃である。

「ひっ……」

クゥの体が、恐怖に固まる。

『これは……いけませんね……』

融合しているがゆえに、ゼオスはクゥの心理状態も自己と同様に把握できた。

聡明《そうめい》で賢明な少女だが、クゥはあくまで非戦闘員だ。

敵意と殺意をもって襲いくる暴力に対し、免疫がない。

こうなると、同じ「天使と融合した」状態でも、条件は大きく異なる。

いわゆる「ケンカなれしていない」者が、「相手に呑《の》まれた」状態なのだ。

「動くな。動かなきゃあ、すぐに終わる」

カサスの顔から笑いが消える。

次に来るのもまた、絶死の一撃とわかっても、動けない。

『こんな時に、勇者メイがいれば、どれほど心強かったか』

嘆息するゼオス。

逆に、こういった場面に、これ以上ないほどの適応力を持つのがメイなのだ。

彼女は考えなしに動くように見えて、実は瞬時に、「なにをすべきか」を「とりあえず決定」

する。
間違っている、間違ってないは関係ないのだ。
時に、「考えるよりも先に動く」ことが、最善である事態というのは多い。
『クゥ・ジョ、しっかりなさい』
「あ、あう……は……はい……」
ゼオスの声も、クゥに半分も届いていない。
体を震わせ、泣きそうな顔と声で、足はまともに地面を踏む感覚すら伝えていない。
『はぁ………』
深く、ゼオスはため息を吐《つ》く。
だがそれは、頼りないクゥに落胆したのではない。
「いく……ぞ!!」
再び、カサスが拳《こぶし》を唸《うな》らせ迫る。
『クゥ・ジョ、体の支配権を、私が行使させてもらいます』
その拳が、クゥの顔面に当たる直前に、ゼオスが宣言した。
刹那《せつな》、爆発音が響き渡る。
「がっ――――!?」
否《いな》、それは爆発音ではない。

まるで、樽《たる》いっぱいに詰まった火薬を爆発させたような威力で拳が繰り出され、〝カサス〟が吹き飛んだ音だった。

「ごはっ!?」

先ほどと同じく、まるで瞬間移動したように、カサスは金庫の天井に叩《たた》きつけられる。

彼自身の意思と行動ではない。

凄《すさ》まじい速度と、凄まじい力で放たれた一撃が、凄まじく最適なタイミングでカウンターを決めたのである。

「カサス・ルゥ……私は、こういうのは好まないのです」

クゥの体の支配権を得たゼオスが、いつもと変わらぬ、クールな声で告げる。

「ただまぁ……やるというのなら、相手になりますがね」

今しがた、カサスの腹に打ち込んだ拳を見せつけながら、迎撃上等の意思を示した。


人類種族の宗教的中心地、実質的な首都とも言える大神殿。

その夜空に、光を放ち高速で舞い飛ぶ、二人の天使。

クゥの体と融合したゼオスと、ポエルの体と融合したカサスが、激しくぶつかり合う。

それはさながら、眼下の都市に住む者たちが聖典の中でのみ知る、神話の時代の戦いを彷彿《ほうふつ》させるものであった。

「おおおおっ!!!」

翼を大きく広げ、中空に数多《あまた》の光弾を生み出し、一斉射するカサス。

ただの砲撃とは異なる。

一つ一つが彼の意思通りに動き、幾何学的な軌道を描き、ゼオスを狙《ねら》う。

「……………！」

しかし、ゼオス・メルは動じない。

その軌道の全てを一瞬にして予測し、回避。

避けきれぬもののみを正確に選別し打ち払い薙《な》ぎ払い、その上で――

「なにっ!?」

絶妙のタイミングを持って、光刃を放ち、カサスを狙い撃たんとする。

「ちいっ!!」

すんでのところで避けられるが、その行動すらも予測済み。

退避先に先んじて回り込み、がら空きの背中に蹴《け》りを叩《たた》き込む。

「がっ！」

カサスはそのまま地面に打ちつけられそうになるが、制動をかけ、低空飛行で建築物を盾にしながら、さらなる追撃より逃れる。

（な、なんだあの女……！）

想定を遥《はる》かに超えるゼオスの戦闘能力に、カサスは驚く。

（た、戦い慣れしている……!?）

彼とゼオスは、さほど親しい間柄ではない。

税に関する職務を有するので、たまに話をする、その程度。

それでも、ゼオス・メルは頭脳労働型であり、戦闘の類《たぐ》いは慣れていないと踏んでいた。

（なのに、まるで、これは……トップ級の武装天使並みではないか!?）

正義天使サンライトが統括する、天界最強の戦闘部隊。

その中のトップエース級でも、これだけの戦いはできない。

いや、もっと正確に言えば……

（戦い方が、えげつない!?）

躊躇《ちゅうちょ》なく、容赦なく、徹底的に圧倒的に攻めるゼオスの攻撃は、ただただ、相手の心をへし折るそれに特化していた。

（向こうのリズムに合わせていては、勝ち目はない）

とにかく、距離を取らねば——カサスはそう考え、高速低空で、建物の陰に隠れながら、ゼオスの背後を取ろうとした。

しかし。

「逃げるのならば、相手が自分をちゃんと〝追っている〟ことを確認するべきです」

突如、眼前に現れるゼオス。

高速移動ではない。

カサスがどこに逃げるかを完璧《かんぺき》に予測し、最初から追いかけず、彼がたどり着くであろう場所に先回りしていたのだ。

「くそっ！」

焦るカサスであったが、彼のそんな隙《すき》だらけの姿を見逃すほど、ゼオスは甘くない。

「ふん！」

問答無用で放つ拳《こぶし》、大砲の砲撃のようにまっすぐで重いそれに、ふっとばされる。

「ごはっ⁉」

尖塔《せんとう》の一つの壁に叩《たた》きつけられるカサス。

よほどの衝撃だったたか、石造りの壁に、放射状の亀裂《きれつ》を走らせる。

だが、それで終わりではない。

むしろ、開幕の合図。

「ふん、ふん！」

動きが止まり、磔《はりつけ》にされたカサスを、容赦なく殴り続けるゼオス。

繰り出される高速連撃に、反撃の糸口はつかめず、防御もできないままに、ひたすら拳が叩き込まれる。

「ふんふんふんふんふんふんふんふんふんふんふんふんふんっ！！！」

肩口から先が見えないほどの、高速打撃。

背後の壁の亀裂はさらに広がり、ついには、ぐるっと回って尖塔の裏側まで達し、一周し、つながる。

「がはっ……！」

カサスが白目をむいたのと、尖塔が音を立てて崩れ始めたのは、ほぼ同時だった。

『す、すごい……』

ゼオスの戦闘に、ただただ圧倒されるクゥ。

人間と天使が融合した場合、肉体的な損害は、全て天使の側が受け持つ。

ゆえに、ポエルの肉体には、髪一本はおろか、まとった衣服も含めて傷一つついていない。

だがだからこそ、本来なら体に刻まれているであろうダメージの全てが、精神レベルでカサスに叩き込まれているということでもある。

『こんな攻撃をされたら、戦う意志自体がへし折られて――』

そこまで思ったところで、クゥは、ある日のメイとの会話を思い出す。

それは、いつだったたか。

書類用のインク瓶のフタが、固まって開かなくなったときだ。

「貸してみなさい」とメイが手に取るや、苦もなくあっさり開いた。

貧弱な自分と比べて、強靭《きょうじん》かつ頑強なメイがうらやましく、つい「いいなぁ」と口にしてしまったときである。

「なに言ってんのよ、こんなの大したこっちゃないわよ」

メイの言う、「大したことない」は「フタを開けられたこと」ではない。

「力が強い」という事象に対してだった。

「たまーに言うやつがいるのよ、力とか速さとか、体力とか精神力とか、そういうのを数値化できたとしたら、数が一番多いヤツが一番強いんじゃないかってね」

困ったように笑いながら、メイは言う。

「そんな表示ができたとして、そんなのの上下で物事が決まるって思うのなら、申し訳ないけど、シロートとしか思えないわね」

嘲《あざけ》るのでも、蔑《さげす》むのでもない、「そうではない」ことを知っている者の感想である。

「戦いってのはね、そういうのじゃないのよ。数字の比べ合いじゃない。極論すれば、いかに相手に、自分のルールを押し付けることができるか、そういうものなの」

自分より相手の力が上ならば速さで、速さが上ならば力で。どちらも上なら魔法で。

その全部が上ならば、ハッタリを使って先手を取る。

「相手がこっちのやり方に乗ったら、後は関係ないわ。ひたすら攻めまくる。反撃の余地を与えない、倒れるまで、もう逆らう気力が萎《な》えるまで徹底的に圧倒的に、相手が勝ち負けなんか関係ない、『もう終わってくれ』と頼み込むまで攻める」

お上品に互いのターンを繰り返すなんて、そんなことはしない。

そんなルールの〝共用〟はしない。

するのは、一方的なルールの〝強要〟。

相手が負けて、こちらが勝つルールを押し付ける。

反論は許さない、反撃は許さない。

「ケンカってのはそういうものよ。そういうのに慣れてないヤツが、どんだけ体だけ強くても、負ける気はしないわ。向こうの力が百倍なら、百分の一以下しか力が出せないルールを押し付ければいいのよ」

それは、一人で戦い、生き抜いてきたメイの戦闘哲学なのだろう。

「だから、まぁ、なんていうの？」

それまで、百戦錬磨のプロの戦闘者の顔を見せ、恐ろしさすら感じさせたメイが、恥ずかしそうな顔になる。

「アンタはアンタの、〝絶対勝てるルール〟ってのがあるはずなのよ。それを押し付けちゃえばいいの、っていうかさ」

苦笑いをしながら、クゥに顔を近づける。

「税金とか、財政とか、そーゆー話は、アンタはアタシの百倍どころの騒ぎじゃないでしょ？もしも、アタシと戦うことがあったら、それを駆使しなさい。アンタの〝絶対勝てるルール〟をアタシに叩《たた》きつければいいの」

「そんな、わたしはメイさんと戦うなんて、そんなことありえません！」

思わず、大声を上げたクゥ。

「そんな、わたし……」

それどころか、そんな〝ありえない〟未来の話をされてしまい、落ち込んでしまった。

「あ、いやー、そうじゃなくて……」

困った顔のメイの背後に、おかしそうに笑うブルーが現れる。

「そうだよ」

「メイくんはね、キミにはキミの強さがあるんだから、それを誇ればいい、そう言っているんだ」

あらゆる「力」は、全て使い方次第。

最強の力などなく、最強にする方法があるのみ。

だから、クゥがうらやましがるメイの力に匹敵するものを、クゥも持っているのだから、それを使いこなせばいい。

メイの言いたかったのは、そういうことなのだ。

「そうだよね、メイくん」

「そーなんだけどさー、いきなり現れて、要点全部まとめるな！」

自分のことを、一から十まで理解してくれるブルーに、照れくささを覚えたか、メイは天をつくようなアッパーカットを撃つ。

「理不尽!?」

ふっとばされるブルー。

「あはははは」

いつもの、もう何十回と繰り返された光景に、クゥは笑った。


『まさに、それだぁ……』

ひたすら躊躇《ちゅうちょ》なく、相手に流れの主導権を握らせず、一度攻めたら反撃を許さない圧倒的かつ徹底的な攻撃。

ゼオスの戦法は、メイが見たならば、ほれぼれするほど完璧《かんぺき》な〝絶対勝てるルール〟の強制であっただろう。

尖塔《せんとう》は崩れ、瓦礫《がれき》と化し、その中に埋もれたカサス。

もはや、戦う意志はへし折れた頃合いだろう。

これ以上続けば、命の取り合いとなる。

それを恐怖してくれれば、勝負は決したも同然だった。

だがしかし、やはりまだ、この程度では終わらなかった。

「――――!?」

背後に殺気を感じ、ゼオスは跳ぶ。

直後、いまさっきまで彼女がいた場所に、なにかの攻撃が炸裂《さくれつ》し、爆発が起こる。

「これは…………」

それは、天使の持つ神気を凝縮して放った、光刃。

細く線状に尖《とが》り澄ませた光の糸であった。

「まだだ……まだ終わるかよ。ゼオス・メル」

瓦礫《がれき》を押しのけ、カサスは立ち上がる。

ポエルの体には、傷はない。

しかし、天使が融合してなお、全てのダメージを吸収しきれなかったのか、服のあちこちが破れ、髪も乱れている。

「大したもんだ。大した力だ。だが、こっちにはまだ手がある!」

カサスが地面に手を当てると同時に、一斉に、あちこちから先程と同様の光線が放たれた。

「これは……!?」

さしものゼオスも、わずかに焦る。

前後左右から降り注ぐそれらを、寸前で躱《かわ》す——が、やはり躱しきれず、腕に食らう。

「ちぃ……！」

ギリっと、奥歯を嚙《か》む。

一見浅く見えるそれだが、思った以上に〝深い〟攻撃だった。

かすってもこれならば、一撃二撃喰《く》らえば、明確に動きが鈍る。

さらにそこに三撃四撃と続けば、回避も防御も不可能となり、反撃許さない、一方的な蹂《じゅう》躙《りん》となるだろう。

「この大神殿の別名を、知っているか？」

問いかけるカサス。

大神殿の別名には、「聖都」「聖地」「人類種族の首都」、さまざまな呼称がある。

「無数にあるその一つが、『魔法陣都市』だ」

大聖堂は、無秩序に乱雑に増築を繰り返しているわけではない。

一見入り組んでいるように見える各種道路も、全て、ある法則に基づいて作られている。

「大神殿は、一種の魔法陣として作られている、破邪の結界としてな」

聖なる意味をもたせたシンボルは、純粋に、大きくなればなるほど、その効力を増す。

巨大な都市一つを魔法陣とすることで、魔族の侵攻すら退けてきた。

さらに言えば、天界からの監視を遮断する効果も生まれていた。

「俺はこの効力を利用し、ゼオス……お前でも入れない結界を敷いた。今、その力を、攻撃に転じたのさ」

都市一つに張り巡らせていた結界を、そのまま攻撃に変える。

壁という〝面〟を凝縮し、光線という〝線〟としたからこその、高密度の貫通力。

「わかるかゼオス・メル。お前は全方位から狙《ねら》われている」

大神殿都市内にいるということは、壁、床、天井、あらゆるところから攻撃可能ということ。

「できればこれはやりたくなかったよ……お前はともかく、お前の依代《よりしろ》にされた娘まで死なせるのは、さすがに避けたかったのでね」

カサスの言葉に、偽りはなかった。

彼は、可能なら、クゥは見逃そうと思っていたのだろう。

「そうですね……天使との融合は、天使が耐えられないダメージを負うか、天使が解除しない限り、解けませんからね」

「そうだ。だが、もう遅い」

ゼオスの言葉を肯定すると、カサスは、死刑執行を命じる断罪官のように、必殺の一斉射を行おうとした。

『待ってください！』

だが、その前に、クゥが叫ぶ。

天使と融合した状態の彼女の声は、人間には聞こえないが、同じ天使のカサスには届く。

『なぜあなたはそこまでして、ポエルさんの味方をするのです!』

クゥの言葉に、カサスの動きが止まる。

天界に仕える天使たち。

今までクゥが見てきたゼオスをはじめ、査察天使のトトや、愛天使のピーチなど、皆己の職務職分に、強い誇りと自負を持っていた。

それに背く者がいたということに、驚いたほどである。

「言っただろう娘よ。弱き者たちを守るためだ。飢えた子どもらを救うためだ」

そのために、地上の理《ことわり》に介入してまで、カサスはそれを行った。

「俺は……俺は……前世は人間だった!」

クゥの問いかけが呼び水となり、カサスは、己の中に溜《た》め込んでいた思いを、吐き出し始める。

それは、八百年以上昔の話。

まだ魔族と人類種族の戦争が激しく、また、人類種族領内でも国家間のいさかいが絶えなかった時期。

多くの災害が連続して起こり、さらに凶作と疫病が猛威を奮った、後に「暗黒時代」とさえ書き記される、地獄のような時代。

カサスは、その頃の地上に生きていた人間の僧侶《そうりょ》だった。

彼は、敬虔《けいけん》なる教徒でもあり、神を信じ、神への祈りを絶やさなかった。

人々を一人でも多く救うことが、己の使命と信じて疑わなかった。

病に倒れた者あれば看病をしてやり、捨て子が入れば拾い育て、争いが起これば命の危機も顧みずその調停を行った。

彼は信じていた。神を信じていた。

清らかに生きれば、あらゆる苦難に耐え続ければ。

いつか必ず救いが来ると。

自分一人では救いきれない弱き者たちに、きっと安らぎを与えてくれると。

だがその日は訪れなかった。

老人となった彼は、枯れ枝のような体に、ボロ布をまとい。

最後に手元に残った泥まみれのパンを、飢えた子どもに渡した後、精根尽き果てて死んだ。

そして――……

「そして、気づいたら天使に転生してたんだよ」

それが、カサスの前世であった。

天使は、生まれついての者もいるが、多くはかつて地上の民だった。元人間であったり、元魔族であったり、その出自は様々である。

カサスも、そんな一人であったのだろう。

「なぜだ、と思ったよ。なぜ俺だけが、と！」

天使は、限りなく不死に近い存在である。

絶対の神アストライザーの使いであり、アストライザーがあり続ける限り、彼らに死も老いも存在しない。

飢えも病もない、天界の宮殿で暮らし、神より与えられた職務に励むのだ。

「俺じゃないだろう……もっとたくさん、苦しんでいる者たちは山ほどいる。なぜ、そいつらに手を伸ばさず、俺などを御下《みもと》に呼び寄せた!!」

それは、カサスの心を、人間であった頃の彼の生涯を、無意味とする結果だった。

それでも彼は、神の慈悲を信じた。

いつか必ず、神は弱き者たちを救ってくれると信じ、勤めに励む。

だが、八百年、その日は訪れない。

世界には多くの苦しむ人々がいるのに、なにもしようとしない。

懊悩《おうのう》する日々の中、彼は出会う。

『そこで、ポエルさんを知ったということですか？』

「そうだ……神が救ってくれぬのなら、人が救うしかあるまい」

クゥの言葉に、カサスは皮肉げな笑みを浮かべて返す。

「ポエルの行いが、天の法に背くことは知っている。だが、天が行わぬなら、人がせよという意味だろう！　それでも咎《とが》があるというのなら、俺が受ける！　その覚悟はある！」

天使でありながら、神を裏切る行為を行ったカサス。

その罪は、人が行うそれよりも遥《はる》かに大きいだろう。

だがその厳罰すら、彼は望んだのである。

救われぬ世界を見続けた絶望に比べれば、まだ遥かに〝マシ〟だから。

『そうですか、よくわかりました。あなたの気持ちは』

「そうか……」

クゥの態度に、カサスの声に、わずかだが柔らかさが生まれる。

彼女が、自分の苦しみと苦悩、なにより、行いの正当性を理解してくれたのだと、わずかでも思ったからこその、安堵《あんど》であった。

『わかった上で言います』

だが、違った。

クゥ・ジョという少女は、そんなことで曲がらない。

『もしあなたが、弱き人々を救いたかったというのなら』

共感はする、理解はする。

だが、それでも譲らない道理を持つ。

それがクゥの〝ルール〟であった。

かつて、メイに教わったケンカのコツ、それを彼女は実行する。

『ポエルさんと組むことは、その真逆です』

自分のルールで、相手を殴りつける戦いを実行に移した。

「真逆、だと……？」

王手にも等しい状態にありながら、カサスは攻撃を行わず、それどころか問い直す。

なぜなら、カサスにとって、聴き逃がせぬ一言であったからだ。

問いたださずにいられない一言であったからだ。

『はい。カサスさん、あなたは自助・共助・公助という言葉をご存じですか？』

「なめるな！　それくらい知らぬと思ってか！」

自助とは、自分で自分を助けること。

共助とは、家族や友人など、自分の周囲の人に助けてもらうこと。

そして公助とは、政府や自治体、公的な機関の支援を得ることである。

『この順番は、先程言った通り、自助・共助・公助の順であることが正しいとされています』

「バカなことを言うな！　それができれば苦労しない！」

クゥの言葉に、カサスは怒鳴りつける。

助けを求めている人に、「自分でなんとかしろ」と言うのは、暴力以外のなにものでもない。

自分で自分を救えないから、苦しんでいるのだ。

「仮に、なんらかの無理をして、一時的に窮地を脱しても、そのツケは必ず戻る。『来年の種《たね》籾《もみ》を食べる』という言葉を知らないのか！」

来年の種籾を食べる——種籾は、翌年の収穫のために必要不可欠なもの。

それにすら手を出してしまえば、一時的に飢えはしのげても、避けられない餓死が待つ。

同様に、「現在の危難を避けるために、将来の資本を手放してしまう自殺行為」を意味する。

『わかっています。飢えとは、冬場に起こるものではありません。冬を超えても、次の収穫がある秋まで生き延びる蓄えがないことで起こるのです』

春窮、という言葉がある。

前年の凶作によって、本当に苦しくなるのは、冬ではない。

春を迎えられても、収穫を得られるのは秋になってから。

それまでの蓄えが枯渇するのが春であり、次の収入を得る前に最も窮する時期という意味である。

「なるほど……他者に助けを求めるのなら、まず餓死寸前まで自分でなんとかしろということか！」

『違います』

「なに？」

　さながら、ゲスの本性を見通したぞといわんばかりのカサスであったが、クゥの言いたいことは、そんなことではなかった。

『ポエルさんの弱者救済は、一見すれば尊く、献身的に見えます。しかし、あくまで対症療法でしかない』

「お前は、ポエルを偽善と言うか！」

『違います。不完全だと言っている！』

　怒鳴るカサスに、クゥは一歩も退《ひ》かない。

　八百歳を超える天使を相手に、その三十分の一にも満たない少女が渡り合う。

『飢えた者に糧を与え、病に苦しむ者や寒さに凍える者に住処《すみか》を与える。それは正しい行為です。でも、そこが終わりではない。そこからが始まりなのです！』

　弱者救済、それは尊き行いとして語られる。

　だが、弱者を救うという行為は、だからこそ困難で奥深いのだ。

『飢えたその人たちが、その日の糧を得られたとして、明日はどうするのです？　明後日《あさって》はどうするのです？　一年後は、十年後は！』

今現在も、大神殿の抱える貧者たちの数は日に日に増えている。

当のポエルが認めているのだ。

人も物も金も、全て足りない、と。

「だから、ポエルは天界がただ税金として吸い上げる金を流用し、救っているのだろう！　今さら何を――」

『人は家畜じゃない！』

カサスの反論が終わる前に、クゥは怒鳴る。

『ご飯がもらえて、寝る場所があれば、それでいいわけじゃない！』

先日の老人の話を、クゥは思い出した。

弱者にとって一番つらいことは、自分が弱い者だと、誰かの庇護《ひご》を受けねば生きられない存在だと、示され続けることだ。

表立っての蔑《さげす》みや差別など関係ない。

自分自身が自分を誇れないことほど、辛《つら》いことはない。

『ポエルさんのやっていることは、重要です。重病人を看護しようとすれば、弱い薬と、お粥《かゆ》を食べさせ、健康な体にする必要があります、それと同じです』

自分で立つこともできない者たちを、「まずは死なせないようにする」……そのこと自体は、おそろしく重要であり、社会が絶対に果たさねばならないことである。

『でも、体調を持ち直したなら、今度は強い薬を、そして肉や野菜を食べさせて、滋養をつけなければなりません。それをしていない』

いつまでも、粥をすすらせ続け、ベッドの上に寝かせ続ける。

それが、ポエルの救い。

弱者が、ずっと弱者でしかいられない環境。

『経済の理屈で言うならば、社会的弱者は、必ず生まれます。だからこそ、彼らを再び、社会に戻すことが大切なんです』

「社会に、戻すだと……？」

『はい』

病院の目的はなにか？

それは、病人を健康体にし、退院させることである。

それを社会に照らし合わせるならば、弱者の救済の最終目標は、弱者を「弱者でない」状態にすることである。

『彼らが再びお金を稼ぐことができるように、自分で自分を養えるようにする、それこそが救済です。そして、それが正しい〝自助〟なんです』

ポエルは弱者を「救って」はいたのだろう。

だがしかし、「支援」はしていなかった。

それでは終わりがないのだ。

生まれ続ける弱者を、今は大神殿という巨大な組織が救済していても、いずれそれすら破綻《はたん》する。

金持ちから金を集めて……そんな方法も所詮《しょせん》は対症療法に過ぎない。

『ブロサムという国の話をご存じですか？』

クゥの言ったそれは、人類種族領のとある小国の話である。

その国には、様々な事情から、他者より体を動かすのに制約のある者たちがいた。

『そこでは、制約を持つ者たちに、彼らがその体でも働ける職業につけるよう、訓練を奨励したそうです。その結果、とあるパン屋さんができました』

そのパン屋は、小さいが味はよく、たくさんの人々が訪れ、彼ら自身で生計を立てられるほどの業績を上げた。

『ブロサムの王は、彼らへの訓練や支援、店を出すための様々な法的な問題の解決、出資金の貸し出しなどを行いました。彼らを、自分の〝足〟で立てるようにしたのです』

そのパン屋で働く人たちは、こう言ったという。

「哀れな人たちから買ってあげるのではない、美味《おい》しいから買いたい、そう思ってもらいたい」と。

彼らの目には、人としての強い誇りがあった。

『まずは自分で自分を助けられるようにする。働けるようにして、働いて自分を養えるようにする。〝自助できるようにする〟ことが重要なんです』

働き、金を稼ぎ、消費する――経済の輪の中に入る。

それは、「社会に参加する」ことである。

社会の一員であることで、人の尊厳は守られる。

『そして、自助できるようになった人は、さらに成長し、自分以外の、家族や友人に手を差し伸べることができるようになるでしょう、〝共助できるようになる〟のです』

以前は自分一人すら助けられなかった者でも、生活に余裕が出れば、自分の家族や友人を助けることができるようになる。

『そうやって、多くの人たちが、自分や、自分の周りの人も助けられるようになって、そこからさらに余力が生まれることで、見ず知らずの、でも「同じ社会の構成者」のことを思えるようになる、それが〝公助〟なのです』

どれだけ大神殿が巨大でも、その土地には限界がある。

どれだけ多くの聖堂兵を動員しても、その人数には限界がある。

社会が社会として回る上で、弱者が必ず生まれるのなら。

彼らを「弱者でなくす」ことで、有限のリソースを永続的に活用できる。

それどころか、「かつて弱者だった者たち」が、今度は支える側に回る。

これが、真の「自助・共助・公助」の理論だった。

『ポエルさんのやり方では、弱者を社会に戻すことはできません。違法な手段を用いてお金を集めても、いつか必ず足りなくなります。そうなったらどうなりますか！』

それこそ、カサスの前世の繰り返しである。

最後には、救おうとした者が、枯れ果てて終わる。

『弱者という名の生物は存在しません。皆同じ人間です。ならば、彼らを人として扱い、人として立ち直らせればいい。そうすれば、味方は増え続ける。違いますか！』

「あ、ああ……」

クゥの弁舌に、カサスは言葉を失う。

彼は人間であった頃、ひたすら、慈悲の心をもって生きてきた。

多くの弱者を救おうとしてきた。

だが、そもそもが、一人ではできることに限度がある。

彼が気づかなかったこと。

彼が気づけなかったこと。

それは——

「そんなことを、いまさら言われて、どうしろと言うのだ……」

愕然《がくぜん》とし、力を失い、膝《ひざ》をつくカサス。

すでにもうそれは前世の話。

そして今はもう、全て「手を染めてしまった」後の話なのだ。

『それは……』

クゥは、いかにすべきか、なにかを言おうとした。

しかし、うまく言葉が出てこない。

今の彼に救いとなる言葉は。

もしも彼女が聖職者ならば、なんらかの道を示すことができただろうが、クゥは、〝ゼイリシ〟なのだ。

『いいじゃないですか』

カサスが言葉を失い、クゥが口ごもったそこに、声が発せられた。

『なぜそのようなことを考えるか、理解に苦しみます』

カサスと融合して以降、一切発言を行わなかった、ポエルの声であった。

天使と融合していても、その依代《よりしろ》となった人間の意識は目覚めている。

外からの声を聞くこともできる。

つまり、クゥの「弱者の救済とは」の弁論も、彼女は全て聞いていた。

『弱いままで、なぜいけないのでしょう？』

その上での結論が、これであった。

一方その頃、魔族領、ドラゴン族の領地にて——

「アンタ、なに見てんの？」

「うわぁっ⁉」

自分の指先をじっと見ていた、ドラゴン族の長、邪竜卿《きょう》イタクは、メイに背後から声をかけられ、驚きの声を上げる。

「ああ、それ、ゼオスくんがくれたやつだろ、婚約指輪」

「婚約指輪ァ？」

同じく覗《のぞ》き込んだブルーの言葉に、メイは苦い顔をする。

「あのむっつり天使に、そんな気の利いた発想があったことに驚きね」

呆《あき》れたような、感心したような、やっぱり呆れたような顔のメイ。

一応は、夫婦となったクゥとイタク。

とはいえ、あくまで仮初め婚。

正式な婚姻は結んでいない。

ただし、それまでの証《あかし》として、こういった装飾品を贈り合うしきたりがあるのだ。

「一応、クゥくんも持っているはずだよ。渡しているのを見た」

「はー」

ゼオスからすれば、自分の税務調査の協力のために、クゥに図らずも結婚をさせた以上、少しでも配慮したのかも、しれない。

「ん～……」

だが、メイにはそんな単純な話には思えなかった。

「あの公私混同を嫌うゼオスが？　協力しても謝礼は払わないって明言したゼオスが？」

それが、ペアの指輪を用意したのだ。

ただの好意とは、メイにはどうにも思えなかった。

「考えすぎだよ。イタクとクゥの結婚は、私的な問題。税務には関わりない」

なので、ゼオスも私的な好意で贈れたのではないか、ブルーはそう考えていた。

「ヒトのそういう話に、ケチをつけるな……」

二人のやり取りを横目で見ながら、イタクがボツリとつぶやく。

「なーによ、難しい顔しちゃって？　なに？　『愛《いと》しのクゥちゃんとの愛の証を侮辱するなー』って？　やーねぇ、ドラゴンが純情キャラになっても……なっても……え？」

からかうメイであったが、ツッコミが返ってくるかと思ったら、イタクは褐色の肌越しでもわかるほど、耳まで真っ赤になって震えていた。

「ちょっと待って、え……アンタ……え？」

鋼鉄の体に溶岩が流れていると言われるくらい、人間離れしたメイではあるが、それでもやはり、人の情けを解せないわけではない。

（こいつ……けっこうマジなの……？）

イタクの素振《そぶ》りに、豪気なドラゴン族らしからぬ繊細さを見て、さすがにこれ以上からかえなくなってしまった。

「基準というのは、様々なものだね」

そんなメイをよそに、ブルーは遠い目をしながら、いきなり関係のない話をし始める。

「クゥくんは、身体能力は低いが、知能はずば抜けている。少なくとも、財務に関しては、魔王の僕も、勇者のメイくんもかなわない」

彼の言う「基準」とはそれであった。

最強の者など存在しない。

その基準においての、「最適」があるだけである。

「知力、体力、魔力、権力、財力、様々な〝力〟がある。それは時に人によって、バラバラとなる。本当の意味での強者や弱者など、実は幻想なのかもしれないね」

力は弱く、自らの足では立てぬ者でも、なんらかの方法で絶大な財力と権力を持っていたならば、それは立派に「強者」に分類されるだろう。

そしてまた、その逆もあり得る。

幻想とは、言い得て妙であった。

「にもかかわらず、特定の一つの基準で、無理矢理それを分けてしまえば……それはもしかして、とてつもない暴力なのかもしれないな」

ブルーは、魔族の〝王〟である。

ゆえに彼には、単純な武力ではなく、政治力も求められる。

もっと言えば、「人の上に立つ者」としての、多面的な視野である。

それが、彼を時にこんな思考に走らせるのかもしれない。

「陛下……それはもしかして……」

一応は、ブルーと同じく、族長としての立場を持つイタクが話しかける。

「我が同胞たちへの慰めか？」

「そういうわけでもないいんだけどね」

ブルーの視線の先には、メイと腕相撲大会を始めたものの、束になってかかって全敗した、誇り高きドラゴン族の姿があった。

「ちくしょう、なんだあの人間は!?」

「ほんとに人間か!?　人型のドラゴンでももうちょっと優しいぞ!!」

涙目になって悔しがるドラゴンたち。

こんな醜態を見てしまえば、「別に力比べで負けたっていいじゃないですか、あなたたちにも、他にももっと素晴らしいものがあるんですから」的な言葉も浮かんでこようというものだった。

「それで言っていくとねぇ、魔王の僕なんて毎日ボコられているからねぇ」

最近では、殴られない日があると、心配になるブルーであった。

「なに？　アタシ、褒《ほ》められてんの？」

きょとんとした顔のメイに、ブルーとイタクは、そろってため息を吐《つ》いた。

昔々、十五年ほど昔、さして広くはないが、決して狭くもないとある貴族の領地があった。

その地では、百数十年も前から領民たちが畑を耕し、収穫を領主に納めていた。

領主は彼らから年貢と尊敬を得て、代々続く貴族の格式を守り、領地を治めた。

その貴族の家の少女は、自分のこの暮らしは一生続くのだと、信じて疑っていなかった。

その少女の名は、ポエルといった。

父がそうであるように、母がそうであるように。

貴族は貴族、庶民は庶民。

互いの分をわきまえ、互いに分相応の幸福を見つけ、平穏にその中で生きる。

それが正しく、間違いのないものだと思っていたのである。

だが、それは裏切られる。

ある頃から、領民の流出が始まった。

近隣にある別の貴族の領地が、産業振興を始め、多くの雇用が生まれたのだ。

農業だけでは食べていくのがやっとだった領民たちは、他領に移り、もっと稼げる仕事に就くことを選んだ。

「なんということだ」と、ポエルは思った。

百年以上も自分たちに世話になっておきながら、金のために信用と信頼を裏切るなど、信じられない話であった。

話は、それだけで終わらない。

さらに他の領地が、新興地との交易を始め、安価な作物が市場に流れ込んだ。

その結果、彼女の家が治める領地からの作物が、売れなくなってしまった。

「なんておぞましい」と、ポエルは思った。

百年以上も売ってやっていたのに、安くて質がいいからと、輸入品に飛びつく。

金にばかり執着する恩知らずたちに、呆《あき》れ果てた。

それから、少しずつ、彼女の周りが変わっていった。

減り続ける領民、減り続ける収穫、減り続ける年貢。

使用人の数が減っていき、庭の手入れがなされなくなり、ドレスを新調する機会が減った。

父は毎日のようにあちこちに出かけ、金策に駆け回る。

誰もが、金のことばかり言い始めた。

世界は、どんどんあさましくなっていき、精彩を欠いていく。

壁や廊下を飾っていた調度品が、伝来の家具が、醜い顔の商人に買い取られていく。

彼女のお気に入りの天蓋《てんがい》付きのベッドまで売り払われた時は、ただただ泣きはらした。

世界はどんどん灰色になっていった。

テラスから見えた領内の光景も、見知らぬ建物が増え、見苦しくなる。

金のために、守るべき領土を切り売りしたと知って、怖気《おぞけ》が走った。

それでも、それでもなんとか保たせようとした貴族としての生活。

それは、ついに崩壊する——


「借金の返済のために、私の父は、伝来の土地屋敷を売り払いました……全てを失い、街に移り住んでの借家暮らしになったのです」

己の過去を語るポエル。

だが、当人の悲痛さとは裏腹に、それはさほど珍しくない話だった。

さほど珍しくない、どこにでもある、没落貴族である。

百年続けてきたやり方を、百年後も繰り返せば万事がつつがなく進むと考え、時代の流れに取り残され、小手先の対応に終始して、全てを失った。

本当に、どこにでもある話である。

「あなた方にわかりますか？　わからないでしょう、私の味わった苦しみは……」

それをポエルは、まるで自分が世界の不幸の全てを背負った聖者のような顔と声で語るのである。

「極めつけは、屋敷の買い取りに現れた男だったわ。だれだと思います？　我が家で雇っていた、従僕の男だったのよ」

その男は、貧窮したポエル家が、人件費削減のために一方的に解雇した男だった。

彼はその後、他領の街に流れ、そこで苦労の末に大成し、大商人となったのだ。

「その男は言ったわ……『これもご恩返しです』と、どの口で……!!」

男は、捨てられたにもかかわらず、恨みに思うどころか、本来の相場より遥《はる》かに高くポエル家の土地屋敷を買い上げ、実質的に借金を肩代わりした。

だが、それらの善意は、ポエルには通じていない。

「自分たちは正しい、なのにその報いが悪いのは、自分たち以外の者が、正しくなかったからだ」――彼女は純粋に、そう考えているのだ。

（この人は……ダメだ……）

ポエルの語る、「悲劇の過去」を聞き、クゥは絶句する。

彼女のような人間と、クゥは出会ったことがある。

国家連合の大物議員、かつて、世界の市場を統制し続け、デフレを生み出していた商人、フィッシャー・グッドマン。

（あの人は……グッドマンは、世界の価値を低くすることで、自分の資産価値を相対的に高い状態にし続けることを目的としていた……）

ポエルの言っていることはそれと近い。

彼女は、憎んでいるのだ。

変わらない自分たちに「合わせず」、成長し発展した社会を。

『それが、あなたの〝弱者救済〟の正体ですか……？』

「ふふ……」

クゥの問いかけに、ポエルは肯定するように微笑《ほほえ》む。

いつものように、口元に手を当てて、聖女のような慈悲深い笑みであった。

「無理をして背伸びなどしなくていいのです。皆、その身分にふさわしい生き方があります。貧しさを受け入れることも大切です。違いますか？」

ポエルの言葉は一聴すれば美しく聞こえるだけの、空虚な妄言だった。

一度でも、彼女の人柄を自分が認め、信じかけたことが、信じられないほどである。

『違います。大違いです』

だから、クゥは堂々と、正面から彼女を否定した。

『あなたの家の領地から、領民が流出したのは、そこでは暮らしていけなくなったからです！　贅沢《ぜいたく》さえしなければいい？　ふさわしい生き方をしろ？　世界から隔絶した生き方など、できるわけがないでしょう！』

経済成長も、物価上昇も、起こって然《しか》るべきものであり、起こらないほうがおかしいのだ。

完全な鎖国を敷いて外界を拒絶したならともかく、周辺の経済的影響を受けながら成長を放棄するということは、相対的に見れば「年々貧しくなっている」なのだ。

『恩知らずの領民……とんでもない話です！　あなたの領民たちは、みな耐えて、支え続けてきたんです。それでも、ついに耐えきれなくなって、故郷を捨てざるを得なくなったんです！』

それらの責任は、誰にあるかと言えば、領地経営を怠った領主である。

奉じられた租税を、そうあるべき使い方をしていれば、十分防げた話なのだ。

『あなたの家は、やってきたのですか？　収穫を増やすための開拓や品種の改良などを。領民がより働きやすくするための制度の改善を。みなが豊かに暮らせるようにする、施策を怠っていなかったと言えるのですか！』

「民が贅沢《ぜいたく》を覚えれば、際限がありません。甘やかしです」

『はぁ……？』

話の通じなさに、ただただクゥは呆《あき》れる。

彼女にとって、「より良き暮らしをしたい」と願うことすら「贅沢」なのだ。

『まさか、ですが……その上で、税金を上げたのですか……？』

「当然です」

クゥの言葉にポエルは即答する。

「領地が安定してこそ、領民の暮らしが守られるのです。そのために税を上げることが必要ならば、上げて当たり前でしょう」

『…………!?』

絶句する話であった。

領土とは、領民がいて初めて意味をなし、形を成す。

だがポエルは、「領主がいて、領土があり、初めて民が〝生かさせてもらえる〟」と考えているのだ。

よくもまぁ、彼女の家の領地の民は、一揆《いっき》を起こさなかったと、そのことだけを感心した。

よほど我慢強い者たちが住んでいた土地だったのだろう。

「成長など必要なく、無理に豊かさを求める必要などないのです。その日を生きられることに感謝し、誠実に清廉に生きることこそがなにより重要」

絶句するクゥに、ポエルは論破したとでも思ったか、歌うように言葉を放つ。

「その結果、生計が立てられなくともよいではないですか？　その時こそ、高貴なる者たちが手を差し伸べ、施しを与えればいい。貧者に必要なものは、感謝の心のみ、そうでしょう？」

（ダメだ……もう、なんて言っていいかわからない……）

以前出会った老人は言っていた。

「弱者という生き物はいない」と。

だが、ポエルにとっては違うのだろう。

彼女には、「弱者」はあまりに遠い。

自分と同じ人間と認識できないくらい。

彼らに慈悲を与えて「やっている」にもかかわらず、人間らしさを求めることを「欲深い」と思っているのだ。

彼らが、クゥが言ったように、「弱者でない」状態になろうとすることそのものが、ポエルに言わせれば、「分不相応」なのだ。

「あなたは理解できないようですね。残念です。なら、そうあるようにしましょう」

スゥっと、ポエルが右手を上げる。

忘れていた。

未《いま》だなお、処刑のギロチンの紐《ひも》は、ポエルとカサスが握っているのだ。

彼らがその気になれば、一瞬で、この大聖堂のどこからでも、光線の一斉射を放ち、クゥとゼオスを抹殺できる。

が――

「あら?」

ポエルが不思議そうな顔をする。

「……どうしたのです、カサス?」

ポエルは、自身の内にある、認天使に問いかける。

一斉射を放とうとしたにもかかわらず、肝心のカサスが、その力の発動を拒んだのだ。

『すまん、ポエル……俺には、どちらが正しいか、わからん』

苦しみ、吐くような声のカサス。

『俺は、お前は正しいと思っていた。弱き者に手を差し伸べるお前の姿は、間違っていると思いたくない。だが、だが……』

だが、彼はクゥの言葉を聞いてしまった。

弱者は社会が存在する以上、必ず現れるもの。

それら全てを賄《まかな》い、養い続けることは不可能。

だからこそ、彼らを「弱者でなくす」ことが重要。

『あの娘の言葉も、間違っているようには、思えないんだ……』

弱き者を救いたいという思いから、天すら欺《あざむ》いた天使だからこそ、彼は迷い、動けなくなっていた。

「そうですか、今度は私も裏切るのですね」

『違う、そうじゃないんだ！』

だが、彼のそんな心情は、ポエルには通じない。

責めるでもなく、しかし、一切取り付く島もない態度に、カサスが焦っていた。

『クゥ・ジョ……気づいていますか？』

そこに、ゼオスが語りかける。

空気を震わす、音声としての会話ではなく、心中でのみ聞こえる一種の念話として。

『彼女は、自分の口で話しています』

『あ……！』

天使と融合した人間は、その体の主導権を融合した天使に握られた場合、たとえ喋《しゃべ》ったとしても、それは音声としては響かない。

あくまで、一種の念話として、同じく天使、もしくは天使と融合した人間のみ感じることができる。

それゆえに、クゥも気づくのが遅れた。

いつの間にか、あまりに自然に、ポエルは自分の口で喋っているのである。

『カサスも気づいていない……彼女は、自分の体の主導権を自力で取り戻した…………いえ、これは……』

本来ならば、一方的に天使が主導権を握れるはずの、天使と融合した肉体を、ポエルは自分で支配できるようになっているということである。

「わかりました、もう結構」

すがるようなカサスの話の一切を拒むと、ポエルは自分の意思で、背中の羽をはためかせるや、宙に舞う。

「私のやり方で、やらせていただきます。あなたはそこで見ていなさい」

そう言うと、天高く飛び立った。

「クゥ・ジョ、追いますよ」

『は、はい！』

ポエルは、まだなにかを隠している。

そして、その彼女を、このまま放置はできない。

ゼオスとクゥの二人もまた、彼女の後を追って、空を舞う。


飛び去ったポエルの後を追う、クゥとゼオス。

しかし、その姿を見失ってしまう。

都市としての大神殿の規模は、人類種族の大国家の都に比肩する。

立ち並ぶ無数の尖塔《せんとう》に、数多《あまた》の神々を祀《まつ》った巨大な寺院。

さらには、神職や教徒たちが寝泊まりする居住区域など、いくらでも隠れる場所はある。

『どこに、逃げたのでしょう……』

「大神殿は彼女の庭です。地の利は向こうにある、ですが……」

それでも、彼女は現在、カサスと融合している。

カサスが、クゥと融合したゼオスを察知できたように、ゼオスもまた、カサスと融合しているポエルの足跡を、「なんとなく」ではあるが、察知できる。

「おそらく、向かったのは、神官長府でしょう」

『そこに逃げ込んだんですね?』

「………」

クゥの「逃げる」という言葉を聞く度に、ゼオスには違和感があった。

彼女の最後に見せた表情は、「逃げ」という後ろ向きの行動にある者の顔ではなかった。

もっとなにか、おぞましい何かをしようとしている者の顔である。

(なにをしようとしているのです、ポエル……!)

その直後、彼女の嫌な予感は的中する。

コォ———……ン
なにかの金属の共鳴に似た音が、周囲一帯——否《いな》、市街地全土、いやもっと広範囲、大神殿全体に響き渡る。

『この音は、伝声管ですか?』

伝声管……金属の筒の反響を利用した通話装置である。

魔法による音声伝達手段を持たない者でも使用可能なので、昨今、魔王城でも使用され始めた。

その、伝声管の使用を始める際の、「初期共鳴音」と呼ばれるものに似た音であった。

「いや、それだけではありません」

ゼオスの声に、緊張が走る。

伝声管は便利ではあるが、所詮《しょせん》は「音を可能な限り減衰させず、より遠くに届ける」ものでしかない。

つまり、最初に発された音を増幅する効果はない。

大都市である大神殿まるごとに響かせる音量を出せる人間などいない。

「これは、伝声管自体に、なんらかの魔術的改造を施していますね。それによって、音声を増幅させ、都市全てに声を響かせることを可能としている」

本来は、神殿の最中央部にて行われる説法を、全ての信者の耳に届けるための設備なのだろう。

それを、ポエルは起動させたのである。

『そんなことをして、なにをしようというんです……?』

「それは……」

クゥに問われるも、ゼオスも巧《うま》く答えが出てこない。

そんなことをしても、大神殿に住む者たち全てに、自分の声を届けられるだけである……

「まさか――！」

その事実に気づき、ゼオスが目を見開く。

「そういうことですかポエル！　あなたは、やはり――」

抱いていた疑問が、一つになる。

彼女は、さらなる罪を犯していた。

脱税と資金洗浄、そしてさらに――

「大神殿に住まう全ての皆様、聞こえていますか……」

ポエルの声が、耳を塞《ふさ》いでも聞こえるほどの音量を持って、夜の街にこだました。

「今私は、大変困っています。私の理想を解さぬ者たちに、脅かされています」

静かで、清らかな、聖女のような声。

一切の穢《けが》れなく、一切の罪は己にないと、信じ込んだ者の声。

「その者は、天使の姿に似せてこの街に現れました、私はとても、困っています」

ポエルの口調は、どこかおかしかった。

なにかをせよとか、自分を助けよなどとは言わない。

ただ「困っている」と言うのみ。

しかし、それで動く者はいる。

「…………」

「…………」

「…………」

街のあちこち、住居や寺院の扉が開き、眠っていた者もいたのだろう、着の身着のままで現れる。

眠りを阻害されたことに憤《いきどお》っているのではない。

まるで、古《いにしえ》の伝承に出てくる、笛吹き男に率いられたネズミの群れのように、自我のない淀《よど》んだ瞳《ひとみ》であった。

『なんです……なにが起こっているんです……？』

その光景は、クゥを恐怖に落とすに十分だった。

十人や二十人ではない。

無数の住居から現れてくる人々の数は、百人、千人、万人を超え、馬車数台が横並びになっても走れるほどの道幅の大通りすら埋め尽くす勢いで増えていく。

彼らに向けて、さらに、ポエルの声が届く。

「皆様どうか、お力を貸してください。助けてください」

その言葉が、号令となった。

万を超す信徒たちが、一斉にクゥたちに向かって押し寄せてくる。

そこには、理性も知性もなかった。

野生の獣同様の、純粋な殺意。

「群れの中にまじりこんだ敵を排除せよ」のみであった。

否《いな》、それよりもっと酷《ひど》い。

「逃がすな」「殺せ」「潰《つぶ》せ」「跡形も残すな」――

殺意などという、人間らしいものではない。

ただただ純粋な、破壊の意志の津波であった。

「これは、いけませんね……」

さすがのゼオスも、これに対抗する手段はなかったか、宙を舞い退避しようとする。

大通りを埋め尽くすほどの大群、そこから逃れるように、入り組んだ路地を縫うように飛ぶ。

『ど、どうするんですか……どうすればいいんですか……？』

これだけの圧倒的な数の悪意にさらされたことがないクゥは、怯《おび》え、すくんでいる。

「さて、どうしたものか……ですが……」

逃げる……という選択は、ゼオスの中にはなかった。

税天使としての職務があるから、だけではない。

ポエルは、自分が予想していたよりも、遥《はる》かに凶悪な存在だった。

（おそらく、アレを持っている……そして、やはりノーゼですか……！）

そもそもが、彼女が仕組んだ、脱税と資金洗浄のからくり。

こんな企てを、あんな浮世離れした聖女もどきのポエルが考えつくとは思えない。

それこそ、〝悪魔が囁《ささや》いた〟のだ。

（だとすれば、今ここで逃げるのは得策ではない）

「逃げれば逃げられる」という抜け道があるのは、それをあえて仕組んだからだ。

そうすることで、最もノーゼが利を得られる仕組みとなっているからだ。

（ノーゼのしっぽを摑《つか》むには、彼女の手に乗るわけにはいかない。ここは、あえて逃げてはならない場面！）

人は利益で動くものである。

そちらの方が楽だから。

そちらの方が得だから。

そちらの方が簡単だから。

そう動くのは、もはや生物の本能とも言えるだろう。

だからこそ、ノーゼはそこに罠《わな》を仕掛ける。

「ポエルを追います。今は、それが最優先です」

『え、ええ……!?』

この窮地において、なおも攻めを捨てないゼオスに、クゥは驚く。

常に冷静沈着で、理性的な思考と判断と決断を下す彼女らしからぬ。

だがだからこそ、そこに「無理をしなければならぬ理由」を察した。

『わ、わかりました……！』
震えながらも、覚悟を決めた声で返す。
が――
「ぬっ――!?」
二人が飛んでいるその上から、大量のなにかが降り注ぐ。
それは、建材であったり家具であったり、壺《つぼ》やら燭台《しょくだい》やら様々だ。
それらが、土砂降りの雨のように襲いかかる。
「これは……」
降り注ぐ物量の雨の向こうに、視線を巡らせる。
大聖堂のあちこちに立つ巨大な尖塔《せんとう》。
その各所から、信徒たちが手当たり次第に投げつけているのだ。
一つ一つは小さくとも、この量である。
飛ぶどころか、滞空すら難しい。
動きを、止めざるを得ない。
そこに、次が来る。
『ゼオスさん！』
クゥが叫ぶ。

今度は、屋根の上に登った信徒たちが、鉤《かぎ》付きのロープを投げつけ、クゥたちの足を絡め取った。

「くっ……これは……！」

絡みついたロープに信徒たちが取り付き、地面に引っ張りおろそうとする。

一本二本ならば引きちぎれる。

引き手も、十人二十人ならば振りほどける。

「支え……きれない……！」

だが、何十本ものロープに、何百人もの引き手では、さしものゼオスでも耐えきれない。

ついには、地に落とされてしまう。

即座にロープをほどき、再び飛び去ろうとする。

だがその前に、間髪容《い》れずに、今度は網が投げつけられる。

魚を捕る投網ではない。

金属の糸が織り込まれた、人を捕らえるための網だ。

大聖堂は、大宗教都市。

時に魔族を、時に異教徒を、時に時代の権力者を敵に回したこともあっただろう。

その長い歴史の積み重ねの中で備えられた、「人ならざる宙を舞うもの」への対策は、万全であった。

（いけない、このままでは……！）

ゼオスには、この先自分たちがどうなるか、予測できた。

空を飛ぶ人ならざる者が、地に落とされ身動きがかなわなくなったのなら、次にされることは一つである。

「ぐっ……！」

長柄の武器を用いての、集団での袋叩《ふくろだた》き。

全て、正しい方法だった。

集団で、一人をいたぶるにはこれ以上ない適切な方法である。

『ゼオスさん！　ゼオスさん！』

クゥが叫んでいる。

彼女の体を最大限防御するため、肉体への衝撃は全てゼオスが受け持つ。

そのダメージは、想定していたより遥《はる》かに大きなものだった。

敵意と悪意を持って、集団で容赦なく、一人を叩きのめす。

殺すのでも、傷つけるでもない。

相手を、意思あるものと認めず、力ずくで「壊す」動き。

それらは、時に巨人の拳《こぶし》にも勝る破壊力を持つ。

今のゼオスの心境をたとえるならば、醜い化け物蟻《あり》の群れに、生きながら体を蝕《むしば》まれているようなものである。

『ゼオスさん！　なんとかならないんですか！　わたしが、できることはないんですか！』

必死で問いかけるクゥ。

ゼオス一人を苦しませることが、今は一番、彼女にとって苦痛だった。

「な……ならば………」

絶え間なく加え続けられる激痛の中、ゼオスは言う。

『はい！　なんですか！』

今すぐこの苦しみを代わってくれと言われても、受け入れる覚悟で、クゥは聞く。

「今すぐ代わってください」

『へ？』

だが、本当に言われるとは思わなかったので、少しばかり変な声になる。

『あ、いえ、はい！　わ、わかりました！』

だが、代わる覚悟まで持っていたのは事実。

恐ろしくはあるが、クゥはありったけのやせ我慢を総動員して応じる。

「いいですか、一瞬でいいです。一瞬、痛みを与えられてください」

そんな彼女に、ゼオスは奇妙な注文をつける。

「一瞬でいいんです。すぐに、助けを求めてください。我慢は絶対にしないでください。わかりましたね」
『は、はい……？』
何度も念を押され、クゥの方が戸惑うほどであった。
「では、お願いします」
直後、体の主導権が、クゥに託される。
「きゃあっ！」
そして、容赦なく加えられる棒の打撃。
木材とて、ものによっては剣を折るほどの威力がある。
人の身ならば、皮を破り、肉を裂き、骨を砕く激痛だ。
それらが、雨あられのように叩《たた》き込まれる。
『クゥ・ジョ！　早く助けを求めなさい！』
心中に、ゼオスの叫びが聞こえる。
誰に助けを求めろというのか。
メイやブルーは、はるか遠くの魔族領である。
今現在、こんな窮地に立たされていることも知らない。
ならば、神でも降りてくるというのか。
もうそんなことすら考えられない。

思考力すら奪う痛みの雨の中、クゥは無我夢中で叫ぶ。

「助けて、誰か、助けてぇ!!!」

だが、その絞り出した叫びも、躊躇《ちゅうちょ》なく繰り出される破壊の雨の中にかき消され——なかった。

「へ？」

光が、起こる。

クゥの左手薬指にはめられた指輪が、夜明けよりもなおまばゆい光を放つ。

光が、周囲一帯を覆う。

正気も、知性も、理性も失った群衆ですら、思わず動きを止め、目を覆うほどの光量。

「なん……です……？」

その光景は、神官長府にいるポエルの目からも確認されたほどであった。

まるで、神の奇跡を思わせるような光景。

しかし、それは、ただの序曲でしかなかった。

その後に現れたものは以上の、デタラメなものはそうはあるまい。

「ん………？」

光が止《や》んだ後、そこに立っていたのは、勇者メイであった。

「おや？」

そして、魔王ブルー・ゲイセントであった。

「な、なんだこれは!?」

ついでに、邪竜卿《きょう》イタクを筆頭に、十数頭のドラゴン族まで現れた。

「えええ!?」

わけも分からず驚くクゥ。

その驚きの前には、彼らが皆酒樽《さかだる》を片手に、肉や魚を乱暴に焼いただけのツマミを囲んだ、酒宴の真っ最中だったということすら、気づかれないほどであった。

「えーっと……?」

酒が適度にまわり、赤ら顔のメイは、周囲を見回す。

なにが起こったか、把握できなかった。

見える景色がいきなり変わり、岩だらけの寒風吹きさらしのドラゴン族領から、人類種族領の首都とも言われる大都会の大聖堂に飛ばされたのだから、無理はない。

だがしかし、見回すことで、状況はある程度推察できた。

今は何らかの闘争の真っ最中であり、片方は、よくわからない群衆。

彼らが数に任せて攻め立てているのは、たった一人の少女。

「あ、あの……メイ、さん……?」

その少女は、最初は誰か分からなかった。

年頃はメイと変わらない程度の姿となった、天使との融合体であるクゥ。

しかし、一言声を聞き、自分を見る目を見て、即座に気づく。

「クゥ……なの？」

きょとんとしつつ問いかける。

「は、はい……！」

うなずくクゥ、確認はそれで十分だった。

「なるほどなるほど、なるほどなるほどなるほどねぇ」

手に持っていた盃《さかずき》に残った酒を飲み干し、ぽいと放り投げる。

群衆も、なにが起こっているのか把握できず静観している中、盃が石畳に落ち割れた音だけが、奇妙に響く。

どういう理屈かわからないが、ここはクゥが調査に向かった大聖堂である。

どういう事情かわからないが、自分はブルーやドラゴンたちとともに、ここに飛ばされた。

どういう経緯かわからないが、クゥは大人の姿になっていた。

どういう結果かわからないが、クゥはこの街で、万を超す群衆に虐《しいた》げられていた。

「うん、おっけー、わかった、それで十分」

メイ・サーは、細かいことは考えない。

戦場において、「判断の速さ」は重要である。

時にそれは命すら左右する。

したがって、単純な答えが分かれば十分なのだ。

「アンタたち………」

一瞬で、目にも止まらぬ速さで剣を抜くと、クゥを縛り付けていた網を切り裂く。

「よくも……」

そして、群衆の前に進み出る。

彼らが何者かなどどうでもいい。

人間だろうが魔族だろうがそれ以外のなにかだろうがどうでもいい。

「ウチの子いじめてくれたわね！！！」

今誰をぶちのめせばいいか――それさえ分かれば、メイには十分であった。

その夜、聖都に鬼神が降臨した。

「「「ひいいいいいいいいっ⁉」」」

ポエルの謎《なぞ》の力によって、暴徒と化した大聖堂の信徒たち。

その彼らが、恐怖の叫びを上げる。

それくらい、目の前の憤怒《ふんぬ》の表情をもって、巨人の出刃包丁のように肥大化した〝光の剣〟を振り上げるメイの姿は、万物万象に恐れられる気迫があった。

轟音《ごうおん》をもって、刃《やいば》は振り下ろされる。

石畳の地面が砕かれ、そそり立つ尖塔《せんとう》がなぎ倒される。

破壊、まさに破壊の権化。

彼らは思い出す。

圧倒的な「数の力」すらひっくり返す、「個人の暴力」が、この世には存在することを。

「あああああああ!?」

その光景は、今さっきまで殺されかけていたクゥを、困惑させるほどであった。

「メイさん!? やりすぎです!? 落ち着いて、殺しちゃう!?」

日頃、どれだけ暴走しても、メイはあと一歩のところでギリギリブレーキをかけている。

だが今日はそれがない。

本気で、おそらくクゥが出会ってから今まで見た中で、一番「ブチギレて」いた。

「クゥ……」

うろたえる彼女に、今度はイタクが声をかける。

「あ、邪竜卿《きょう》さん……えと、イタクさん」

背後には、彼の同胞であろう十数頭のドラゴンがいる。

驚くほど、全員冷静で、落ち着いている。

「あの、メイさんを止めてください! 多分、ドラゴンの皆さんが一斉にかかればなんとか
……!」

メイは以前、素手ゴロで邪竜卿を倒したことがある。

単独では敵《かな》わないが、数で押せば鎮圧はできるのでは——と思い、クゥは頼むが、イタクの様子は少しおかしかった。

「お前、クゥなのだな」

「え、ええ、はい……？」

いつもと違う姿のクゥに、わずかに戸惑いながらも、確認を取るイタク。

今はそんなことを言っている場合ではないはずなのに、わざわざ問い直す彼に、クゥは不思議がる。

だがそれは、「言っている場合」であった。

その確認は重要であった。

「我の……我の嫁に傷をつけたか……」

彼の目に映っていたのは、諸々《もろもろ》の事情などではない。

クゥの体のあちこちにつけられた、大きくはないが、小さくもない、殴られた痕《あと》である。

悪意を持ってつけられた、傷跡である。

彼にとっても、それだけ分かれば十分であった。

「よくも我の嫁を害してくれたな愚かなる人間どもがぁあああああっ!!!」

激怒の叫びを上げる……否《いな》、「吠《ほ》える」イタク。

その姿が、人型から、本来のドラゴンのそれに変貌《へんぼう》する。

「我が同胞たちよ、聞け！」

そして、巨大な口を開き、同族たちに号令を下す。

「クゥ・ジョは我が嫁！　ドラゴン族が長、この邪竜卿《きょう》の嫁!!」

ドラゴン族は、同族意識が強い。

「すなわち、我らが同胞！　その同胞が傷つけられた!!」

一見排他的に見えるのも、結束の強さの表れ。

仲間に入るのは難しいが、一度その輪の中に入ったならば、元の種族のあれこれなどは度外視される。

「与えてやらねばならん、然《しか》るべき報いを！」

「うおおおおおおっ!!!」

邪竜卿の怒りが伝播したか、あとついでに、飲酒のテンションの高さもあったか、彼の号令に応じ、ドラゴンの群れは声を上げた。

「行くぞぉ!!」

「うおおおおお!!」

人類種族の間では、一頭倒せば、末代まで英雄として讃《たた》えられるというドラゴン。

すなわち、それだけ恐怖と力の象徴という意味である。

それが十数頭。

しかも、逆鱗《げきりん》に触れるまでもなく全頭激怒。

「加勢するぞ勇者!!」

「おう来いドラゴン軍団!!」

それが、ただでさえ「一万二万の軍勢ならどうにでもなる」と豪語するメイに加わったのだ。

これはもう、悪夢の光景であった。

「タスケテー！」

「うわー来ないでー!?」

「逃げろー、とにかく逃げろーー！」

暴徒と化していた信徒たちは、今度はただただ逃げ回るしかなかった。

群集心理とでも言うのか、他の者が熾烈《しれつ》に叩《たた》く光景を見て、「自分もやっていい」「これは正しい行為なのだ」「だから好きなだけ殴っていい」その程度の認識で攻撃していた者たち。

そんなものは、容赦なく振る舞われる圧倒的暴力の前には、ただただ無力。

「ひえええええ!?　助けてくれーー！」

「違う、俺は悪くない！」

恐怖とは、人間のもっとも原始的な感情である。

安易な正義に流された者ほど、凶悪な恐怖の前にはあっさりと流される。

万を超す群衆は、今度は自分たちが恐怖の波にさらされ、流されまくっていた。

「あわわ……あわわわわ……えらいことになった……」

危害を被っていたはずのクゥが、一番彼らを心配する立場となる。

「どどど……どうすれば～」

このままでは期せずして、人類史に残る大虐殺となってしまう。

「うーんと、ここをこうしてこうやって……ああ、こうか」

そこに、空気を読めないのかと思うほど普段どおりの声でなにかつぶやいているブルーの声が耳に入る。

「ブルーさん！」

最後の頼みは、彼であった。

普段おっとりしていても、なんのかんの言って常に落ち着き、大局を見られる魔王のブルー。

彼にメイやドラゴン族を止めてくれるよう頼もうとしたが……

「ええっと……こうしてこれで……よし！」

「あのブルーさん？　ブルーさん？」

そのブルーは、地面や壁に手を当てて、なにかをしている。

クゥが声をかけても、なかなか反応が返らないほどだった。

「この街は魔法陣都市と呼ばれているそうだね」

「え、あ、はい？」

クゥの話を聞いているのかいないのか、ブルーは言う。

「つまり、都市全土の、魔力伝導率が高いということなんだ。出力にもよるが、広範囲に魔法を発動させることができる」

「あの……ブルーさん？　なにを言っているんですか？」

言いながら、ブルーは地面に手を置くと、「ふん」と気合を入れる。

「緊急保護呪文《バッファリン》!!」

ブルーの手から流れ出した魔力の波動が、青い光となって、凄《すさ》まじい勢いで地面を走り、都市全土を覆う勢いで広がっていく。

「コレでよし……この魔法はね、数代前の魔王が考案したものなんだ」

魔王とは、二つの意味がある。

「魔族の王」であると同時に「魔法の王」である。

基本的に、魔王とは代々において、魔族でもトップクラスの魔法の使い手なのだ。

当然、中には新魔法を開発した者もいる。

「五代目の魔王だったかな……とても気骨溢《あふ》れる人でね。いつか勇者が来たときのために、この魔法を編み出したそうだ」

「あの……どういう魔法なんですか？」

どこか緊張感が、いつも以上にないブルーに、クゥは尋ねる。

「うん、艱難辛苦《かんなんしんく》を乗り越えてやってきた敵の体力気力を全回復させる魔法だよ」

五代目魔王は、おそらく「まずは貴様らをベストの状態にしてやろう。そうでなくばおもしろくないからな、ふふふ」とやりたかったのであろう。

「ただまぁ、五代目様が即位している間、勇者一回も来なかったんで、使われないままに終わったんだけどね」

「はぁ……」

あはははと笑うブルーに、クゥはなんとも言えない顔になる。

いざという時に備える者にほど、「いざという時」は来ないという、よくある話である。

「あの、じゃなくてですね……なんでそんな魔法を?」

「うん、だからね?」

話の見えないクゥに、ブルーは説明する。

ただこの段階で、彼女は少しずつ、違和感に気づき始める。

「この魔法を広域展開したら、さすがに全回復とまではいかないんだがね、どれだけ戦闘で傷を負っても、その範囲内にいる者は、絶対に死なないんだ」

「はぁ………え?」

「だからまぁ、メイくんやイタクがなにをしても、死ぬことはないから安心しなさい」

「いえいえいえいえいえいえいえいえ!?」

ようやくクゥにも話が見えた。

要は、ブルーは、「メイとイタクたちドラゴン族に好き放題暴れさせる」ことを、認めたということである。

「ダメですよそれ!?　死なないからって!?　絶対死なないってことは、死ぬほど痛い目には合うってことでしょ!?」

「まーそーだね」

さらに言えば、保護されるのは命のみなので、物理的な損害までは対処されない。

「まぁでもいーんじゃないかなぁ」

ここで、ようやく、クゥはブルーの「普段と違う」空気の理由がわかった。

「ウチのクゥくんをいじめたんだからね、それくらいの怖い目にはあってもらわないと、うん」

髑髏《どくろ》兜《かぶと》の全身鎧《よろい》なので気づけなかったが、ずっと、ブルーのこめかみはひくついていた。

(お……怒っている……?)

メイやイタクほどわかりやすくないが、ブルーもとても、大変、怒っていた。

端《はな》から彼も、止める気など毛頭なかったのだ。

「やーメイくんがんばってるなー。ほら見てご覧クゥくん、建物がドミノのように倒れていく」

破壊されまくっている人類種族の首都を見ながら、ブルーは笑う。

『この手だけは、最後の最後まで、使いたくなかったんですがね』

「ゼオスさん……なにをしたんですか一体……」

脳内に響くゼオスの声に、クゥは呆《あき》れた声で問う。

『なに、あなたたちに差し上げた、指輪があるでしょう?』

「あ、はい……あれ?」

左手の薬指にハマっていたはずの、ゼオスがくれた、イタクとの婚約指輪。

それが、消えてなくなっていた。

『ちょっとしたおまじないをかけておいたんですよ』

「おまじない?」


「これは……どういうことですか!?」

神官長府の尖塔《せんとう》の最上階。

そこが、全ての伝声管の中央発信所であった。

そこに立ち、信徒たちに号令を下したポエルは、突如現れた異分子たちに困惑し、常なる笑顔すら消え去っていた。

『〝天使の輪〟……ゼオス・メル、仕込んでいたのか!?』

彼女の脳内で、すでに体の主導権を奪取不能となっていたカサスが声を上げた。

『天界の秘術の一つだ……本来は婚姻の祝福と保障の一環なのだが……』

天使に立ち会われ結ばれた男女は、天界が後見人となる。

後見人、もしくは仲人と言われるそれらは、ただの見届人ではない。

もし夫婦関係にトラブルが起こったならば、社会的にも法的にも味方になることが求められる立場である。

すなわち――

『あの指輪を持つ者に限り、天使は限定的だが、奇跡を起こせる……例えば、「死に瀕《ひん》する危機にあった際に、伴侶《はんりよ》が助けに現れる」というような……』

それがまさに、今起こっていることであった。

「そんな都合のいいことが、あるのですか!?」

思わず怒声を上げるポエルであるが、奇跡とは総じてそういうものである。

聖者とその信者を逃がすために、大海が二つに割れたなどに比べれば、まだ可愛《かわい》いものだ。

だが、完全なご都合主義でもなかった。

大神殿には、カサスの張っていた結界が存在する。

いや、「していた」。

しかし、カサスはゼオスとの戦いで、一時的にその結界を解除し、攻撃力に転嫁してしまっていた。

あの、「全方位からの一斉射」のためにである。

そのため、本来なら足を踏み入れることのできない大神殿に、魔王やドラゴン族まで召喚されてしまった。

『あれも……読んでいたということか……ゼオス……いや、違う』

ここで初めて、カサスは、ゼオス・メルという天使の底知れなさを知る。

彼女は常に、先読みを繰り返し、先手を打って策を展開すると思っていた。

だが実際は違う。

ゼオスは、常に考えうるあらゆる可能性を想定し、無駄とも言える数百の手を打ちまくっているのだ。

そうすることで、千変万化の現場において、その手の中の最適な組み合わせを作る。

『百の無駄を積み重ねることで、最善の一手を常に作り上げてきたわけか……あの女、化け物が過ぎる……』

全てが終わった後、傍《はた》から見れば、未来を見通したかのように思える行動の正体が、それなのだ。

『相手が悪い……ポエル、もうあきらめろ！　ゼオス・メルは、お前がどうこうできる相手ではない』

あんなに優位の状態から、ここまで盤面をひっくり返されたのだ。

この先、ゼオスがさらにどんな手を打ってくるか、わかったものではない。

それは、カサスの心からの提言であったが、強い自尊心を持つポエルの神経を逆なでした。

彼女にとって、逃げるとは敗北であり、敗北は死と同じであった。

「逃げろというのですか……私に、私は何も悪くないのに!!」

もはや笑みを浮かべる余裕もなくなった聖女もどきは、激しい怒りと憎悪で、表情を赤く染め上げる。

「まだですよ。まだ……手はあるんだから!!」

言うと、彼女もまた、「次の手」を打ちに走った。

第七章

社会の至極単純な基本

Brave and Satan and Tax accountant

メイとブルーとドラゴン軍団が襲来して、十分かからなかった。

大神殿の住人たち、ポエルの信徒たちの大半が戦闘不能になるのは。

「万を超すくらいいたのに……」

呆然《ぼうぜん》とするクゥ。

後に正確な数字がわかるのだが、この夜、メイたちに恐怖を刻まれた者たちの総数は、およそ三万人であった。

『冗談抜きで、あなたになにかあれば、勇者メイや魔王ブルーは、人類種族との休戦条約すら一方的に破棄して、大神殿を灰燼《かいじん》に帰していたかもしれませんね』

それは感想ではなく、純粋なゼオスの推測であった。

もしそんなことをすれば、二人の名は、極悪人として永遠に歴史に刻まれただろう。

だが、それすら躊躇《ちゅうちょ》しないほど、二人にとってクゥは大切な存在なのだ。

「…………」

それを少しだけ、クゥは嬉《うれ》しいと思ってしまった。

『あとそれと、邪竜卿《きょう》イタクは、どうもあなたに本気のようですね』

「はひっ!?」

今まで考えないようにしていたことを告げられ、クゥは火中で弾《はじ》けた栗《くり》のような声を上げた。

『ま……お互い若いですから、少しずついい感じにやっていけばよろしいかと』

「いや、あの、えっと、その……」

途端に顔を赤らめるクゥ。

『それはそれとして……ポエルがまた動きました』

天使であるゼオスには、天使と融合したポエルの動きが、ある程度分かる。

彼女は、大神殿に住まう人々全てを操るためにいた、伝声管の発信所があった神官長府から抜け出し、別の場所に移動していた。

「逃げようとしているんですか?」

『いえ、これは……そうでは、ないようです』

この期に及んで、ポエルはなおも抵抗を試みている。

逃げるのならば、まだいい。

他に手段がなくなり、それ以外の選択がなくなったということだ。

『まだなにかできると思っているとしたら……厄介な話です』

往々にして、追い詰められた人間、それも「自分の敗北を認めない」人間が、最後に用いる手段は、常軌を逸したものが多いのだ。

特にその多くは――

「行きましょう、あの人を止めないと……！」

クゥにも、ゼオスの緊張感は伝わった。

一刻も早く止めなければならない、それだけは、クゥも理屈抜きで理解できた。

「ん、クゥくん、どこに行くんだい？」

再び翼をはためかせ、ポエルの向かった場所に飛ぶクゥに、ブルーが声をかける。

しかし、彼女は振り返らず、そのまま行ってしまった。

「やれやれ……メイくん、そっちはもうそこらへんにしなさい。気はすんだろう」

一通り全員をシメて勝ち誇るメイに、ブルーは言う。

「えー、まだこっからじゃない。全員にクゥに土下座させるくらいはいいでしょ？」

「いやいやもういいから、クゥくんとゼオスくんたちの後を追おう」

怒りのあまり、正気も理性も失っていたと思われたメイだが、それでも勇者。

ギリギリのギリギリの一歩手前の手加減はしていたらしく、ブルーの魔法の効果もあって、人死にはおろか、深刻な重傷者も出していなかった。

「まーいいわ。どこの誰だか知らないけど、今回の悪玉のツラ拝んで……けじめつけさせてやるわ!!」

豪快に笑うメイは、ブルーとともに、クゥたちの後に続いた。

大神殿中央部から、やや離れた位置にあるそこに、ポエルは向かっていた。

目に映る街並みに、クゥは見覚えのあるものが多いことに気づく。

「ここって……まさか……！」

クゥの中に、最悪の予感が走る。

そしてそれは、即座に現実のものとなった。

「よくもまぁ、全てを台無しにしてくださいましたね」

ようやく、ポエルに追いつく。

顔こそ笑みを浮かべているが、それは虚勢のもの。

クゥとゼオスによって、自分の作り上げた仕組みが壊されたことを、「悔しがる」ことすら、彼女は許せないのだろう。

だが、いつものように口元に手は当てていない。

「あれ……」

この日初めて、彼女はポエルの口元を見たような気がする。

正確には、歯をのぞかせた笑み。

もっと言えば、口の中——

「え……なに、あの……舌……？」

でろりと、ポエルの口から、どす黒い舌が覗《のぞ》いていた。

それは、異様で、異常なものであった。

人間のものではない。

まるで、蛇かトカゲ、爬虫類《はちゆうるい》のそれのように、不気味に大きく長かった。

『なるほど、それがあなたがノーゼからもらったものですか』

ゼオスはようやく、得心がいった。

『〝邪神の舌〟……能力は、さしずめ、全ての者に自分の言葉を信じさせる、といったところでしょう』

かつていた、古き暴虐の神〝邪神〟――それの力を宿した呪《のろ》われし遺物〝邪神の欠片《かけら》〟。

クゥたちも、そのいくつかを目にしてきた。

「見る者に、それが偽りだとわかっていても信じさせる」ほどの幻覚を見せる〝邪神の瞳《ひとみ》〟。

「いかなる攻撃を受けても瞬時に再生する回復力を与え、欲する全てを手にするまで止まらない」な、〝邪神の手〟など――

「ええ、とても便利な力ですが、いかんせん、その……少々笑い顔がはしたなくなるのが、困りものでして……うふふ……失礼」

言いながら、ポエルの口から飛び出た〝邪神の舌〟が、べろりと舌なめずりをする。

「わたしは……これに、だまされていた……？」

クゥは、彼女と出会い、会話を重ねるごとに、少しずつ彼女に心酔していき、ついには「ポエル様」とまで呼び慕い始めていた。

それも〝邪神の舌〟の力であったのだ。

『邪神の力は、アストライザー……すなわち、天界の力の前には効力を発揮しません』

「なるほど……」

ゼオスと融合したことで、その呪縛《じゅばく》も解けた。

彼女が、ポエルを強く疑っていた理由は、図らずも、彼女が武器としていた力ゆえであったのだ。

「ノーゼ……あの悪魔をあなた方もご存じだったので？」

自身が聖職者であるにもかかわらず、悪魔と取引していたことが明るみに出ても、ポエルは顔色一つ変えない。

彼女には、ある意味で、どす黒い『信念』があるのだろう。

「悪魔の用いる力でも、正しき者が使うのならば、それは正しき力」――

そこに、後ろめたさなど欠片もない。

まさしく、「確信犯」であった。

『それで、どうするのです？　もはやあなたの悪事は全て明らかになった。そして、あなたに支配された哀れな信徒たちもみな下された』

普通に考えれば、完全に「詰み」である。

「いえいえ、まだいますとも……私にはたくさん、味方が……」

その声に応じたように、人影が現れる。

一人ではない。

二人、三人、四人――いや、もっとである。

「これは、あなたは………！」

まだなお、大聖堂にこれだけの、ポエルの「声」に支配された者たちがいたのかと驚愕《きょうがく》するクゥであったが、彼らの姿がさらにはっきりと月明かりに照らされ、改めて、顔を歪《ゆが》める。

「あなたは……なにを……！」

ようやく、クゥは思い出す。

ここは、よく知った場所だ。

何度も訪れた場所だ。

ポエルの庭にも等しい場所、貧者たちの保護施設、救貧院だ。

そして現れたのは、彼女の慈悲にすがっていた弱者たち――病人、けが人、老人、孤児
……そんな者たちだ。

皆全て、正気を失った目をしている。

無理もない。

ある意味で、他の信徒たち以上に、ポエルに依存してきた者たちだ。

その信仰の深さも、比ではないだろう。

「その方たちを、盾にするのですか!!　あなたは!!!」

クゥは叫ぶ。

弱者たちは、一人一人は弱かろう。

だが数は膨大だ。

一斉に襲いかかられては、天使と融合したクゥとて、命の危険は十分にある。

しかし——

「なるほどねぇ、アンタがラスボスってわけね」

その声は、クゥに希望を感じさせる、力強いものだった。

「でも無駄よ、人海戦術なんて、規格外には通じない」

現れたのは、メイ。

そして、魔王のブルーであった。

「残念だが、この街には保護魔法を展開させてもらった。僕らは殺したくても殺せない」

ブルーの展開した広域魔法は、「死ぬほど痛い目にあっても絶対に死なない」というもの。

たとえ操られた群衆が襲いかかってきても、メイは力づくで鎮圧できる。

その上で、誰も命を落とすことはない。

「もう詰んでんのよアンタ！　観念しろっての！」

指を差し、降伏を勧告するが、ポエルは動じない。

なおも、不気味に微笑《ほほえ》んでいる。

「ええ、そうでしょうね。全ては終わりました」

だが、反して、彼女の口から出てきた言葉は、希望の終焉《しゅうえん》であった。

「もはや全ては終わりました。私の、弱き人々を救いたいという願いは、完全に途絶えました」

まるで歌うように、恍惚《こうこつ》の表情で。

まるで酔うように、自分自身の言葉に。

「なればもう、この世に救いを求めることは、諦《あきら》めるしかありませんね」

「なに言ってんのアンタ……頭おかしくなった?」

口の悪いメイだが、言いたくなる気持ちもわかる光景であった。

彼女が〝邪神の舌〟を持っていると知らなければ。

「ポエルさん!!!　あなたは、なんてことを！」

それを、理解できてしまったクゥは叫ぶ。

彼女が、こんな顔をするなど、人生で初めてであろう。

それは、「唾棄《だき》すべき外道」を前にしたときの、嫌悪の表情であった。

「おお……終わりだ……」

「もう終わり……なにもかも終わった……」

「救いはない……希望はない……」

うなされるような声でボソボソとつぶやく貧者たちが、次々と、自分の首に手をかける。

ときには互いに互いの首を絞め合う。

親が子を、子が親を。

病人が老人を、老人が病人を。

手が使えない者は、石畳に頭をぶつけ、自らの頭をかち割ろうとしている。

「な、なによ!? なんなの？　何が起こってんのよ!?」

この光景には、百戦錬磨のメイも、さすがに恐怖に顔を引きつらせる。

簡単な話であった。

保護魔法の内では、「誰も誰かを殺せない」。

ならば、「自分で自分を殺せ」ばいい。

「ポエルさんは……あの人は……皆に自死を選ぶ言葉を放ったんです!!　あの人の言葉は、人を操る力があるんです!!」

ポエルは〝邪神の舌〟の力で、彼らから希望を失わせた。

希望を失った人間、未来がないと知った人間の選択は、一つしかない。

それこそ、「生きることを諦《あきら》める」である。

駆け出すメイとブルーだったが、たった二人では、万を超す貧者たちの自死を止めることはできない。

「なんてことを……！」

止められるとしたら、ポエル自身が命じるか、なんらかの手段で〝邪神の舌〟の効果を遮断するしかない。

「無駄ですよ……私が絶望しているのは事実。止めたいのなら、私に希望を抱かせてください」

ほくそ笑むポエル。

彼女に希望を抱かせる——それは、今まで通りの、「無数の貧者にかしずかれる身分」を、彼女に保証することのみ。

だが、それは、ポエルが今まで行ってきた悪行。

数多《あまた》の脱税行為に、天界への造反、悪魔との取引……全てを「見逃せ」ということだ。

「簡単な話でしょう。私は貧しき者を救いたい。目的が正しいのですから、そこまでの行為の善悪など些細《ささい》なことではないですか？」

あまりにも身勝手な理屈を並べるポエルに、クゥは叫ぶ。

「そんな問題ではない！　あなたのやっていることは、遅いか早いか、いずれ来る自死にすぎない！」

「何を言っているのやら……」

だが、その言葉は夢見る聖女には届かない。

「ならばここから先は、あなたの責任です。あなたたちが来たせいで、あなたたちのせいで、彼らは死ぬのですから！」

ポエルが、弱き者たちの死を笑う。

自分を否定する者たちのせいで、より弱き者たちが害を被る光景の到来を笑う。

「ゼオスさん！　なんとかならないんですか！」

超常の力を持つ者相手に、クゥの頭脳でも、対応は不可能だった。

『あることはありますが……』

悲鳴のような声を上げるクゥに、ゼオスはやはりいつもどおりの冷静な声で返す。

『無理してやる必要もないでしょう』

「は？」

『自浄作用に期待します』

「はぁ!?」

わけのわからない返事に、さらにわけのわからない言葉が続く。

しかして、それを説明するようなタイミングで、それは起こる。

「なにっ!?」

ポエルの笑みが消える。

突如、彼女の足元に光輪が発生したかと思ったら、直後、とてつもない出力の聖なる魔力が、その身を縛り付けた。

「がぁあああああっ!?」

まるで、光の巨人の手で握りしめられたように、ポエルが叫ぶ。

聖女を自認する者が、貴族の生まれを誉れとする者が、およそしてはならない顔となる。

本来、神聖魔法は、神官であるポエルに効果は薄い。

しかし、通常量なら無害なものでも、高濃度ならば話は変わる。

強すぎる日差しが、時に肌を焼き、皮膚を破くようなものだ。

この時、ポエルを束縛した神聖魔法の出力は、大聖堂全体に展開された保護魔法と同量。

すなわち、一都市を覆うほどの力が、彼女一人にのしかかっていたのだ。

「もうそこらへんにしとかんかい、ポエル」

ゆっくりと、その男は現れる。

「あなたは……おじいさん?」

それは、幾度となくクゥたちの前に現れた、あの私度僧の老人であった。

「おう、すまんのうお嬢ちゃん。それと天使様……今さらながらやが、これまでの無礼の数々、平にご容赦を……」

『気にしていません。最初からわかっていたので』

ゼオスのみは、老人の事情を全て把握していたようである。

だからこそ、今このタイミングで、彼が現れるとわかったのだろう。

「あの、おじいさん……あなたは、その……」

「あれ？」

困惑するクゥを前に、メイが声を上げる。

貧者たちの集団自殺を止めようとしていた彼女だが、ポエルが束縛され、「声すら上げられない」状態になったことで、その支配も解かれたか、皆倒れて気を失ってしまっていた。

「どっかで見たことあるわねこのジジィ」

「おう、久しいのう勇者メイ、元気そやな」

老人は、メイと知己の間柄のようであった。

「メイくん、このおじいさんはどなただい？　只者《ただもの》ではないようだが……」

「え～っと……うん？」

ブルーに尋ねられるも、思い出せず、腕を組むメイ。

頭をフル回転させ、記憶を巻き戻している。

「なんや忘れたんかいな……勇者認定式の時に会うたやろが」

「あ！」

呆《あき》れた顔の老人を前に、ようやくメイは思い出す。

勇者になるには、自称すればいいというものではない。

勇者適性と呼ばれるものが存在し、それが認められた者は、大神殿で認定の儀式を受けるのだ。そしてそれを執り行う者は……

「アンタ、大神官じゃん！」

大聖堂の最高位者、大神官である。

「え～～～～～～～!?」

大声を上げて驚くクゥ。

人類種族の宗教的最高指導者が、まさかこのような人物とは、思いもよらなかった。

「気にせんでエエて嬢ちゃん。ただの汚いクソジジィや」

「いや、でも、その、あの……」

メイのような我田引水な性分ならばともかく、人類種族の僻地《へきち》の田舎育ちの小市民なクゥには、まごうことなき「雲上人」である。

「いやホンマ、かしこまらんとってくれ……」

決して気さくな態度、という類《たぐ》いのものでなく、自嘲《じちょう》的な声で、老人――大神官は言う。

「このアホを、止められへんかった、クソ坊主や」

大神官の視線の先には、束縛され白目を剝《む》くポエルの姿があった。

「大神官殿……あなたは、彼女の陰謀を、把握していたのですね？」

「ああ、まぁな………」

ブルーの問いかけに、大神官は情けなさそうに返す。

大神官は、間違いなく大聖堂の最高権力者。

しかし、実務のほぼ全ては、配下の神官長たちが行っている。

それが故に、ポエルの暗躍を、気づけても止められなかったのである。

「ワシは幸い、こいつの力には呑《の》まれんかった。せやけどな、他のモンは大なり小なり言いなりにされてもうてな」

いかに〝邪神の欠片《かけら》〟の力でも、人類種族最高の神聖魔法の使い手たる大神官は脅かせなかった。

だがそれだけ。

それ以外の大半の者たちを味方につけられてしまえば、手も足も出ない。

「なんとか、機を待っとったんやけどな。情けない話や」

彼にできたことは、人知れず神殿を離れ、ポエルの偽善の被害者たちを、手の届く範囲で救うことのみであったのだろう。

「なっさけないわね」

そんな大神官に、メイは容赦なく辛辣《しんらつ》な言葉を投げつける。

「いやメイくん……僕には分かるよ、この人の気持ちは」

魔族と人類種族の差はあれど、「人の上に立つ」者であるブルーには、共感できた。

「王様も大神官も同じようなものだ。結局、全ての派閥の盟主でしかない」

組織内の一派閥が強大化し、それを押さえつけようとすれば、最悪、組織そのものが破綻《はたん》する。

「この人……ポエルだったかな？　彼女の暴走を無理矢理押さえれば、大神殿内はポエル派と大神官派で二つに分かれ、人類種族領全てを巻き込んだ混乱が起こりかねなかった。あなたはそれこそを恐れたのでしょう？」

クゥやゼオスの介入のない状態で強硬策に出れば、そうなる可能性は十分にあった。

大神殿というのは、それだけの巨大な……巨大すぎて、統率者すら機関の一部とならざるをえない組織なのだ。

「皮肉なもんやな。聖都と呼ばれし都市のトップの心情を、一番理解してくれんのが、魔の王なんやから」

だがそれでも、大神官は最後の最後で動いた。

「ポエルよ……お前さんが〝弱者を救いたい〟と思ったんが、偽善やったなら……それでも救われる者がおるんやったら、それも十分意味はあった」

やらない善よりやる偽善、などという言葉があるように、名誉欲やパフォーマンスでも、なんらか行動に移すほうが価値はある。

「だがな、お前さんのやったことは、偽善ですらない。お前さんは、〝誰かを救おう〟なんて思ってへんかったんや」

メサイアコンプレックス、という言葉がある。

なんらかの強い劣等感を持つ者が、自分より弱い者を憐《あわ》れむことで、「こいつよりはマシだ」と自分を慰め、自己の平穏を保つ心理行動である。

「お前は、弱いもんが救われそうで救われん世界を欲しただけや。自分が可哀想な者を憐れむ世界を求めただけや、その世界では、誰も救われへんのや……」

「ぐうううううっ!!」

首筋に血管を浮かび上がらせ、血走った眼《め》でにらみつけるポエル。

声を放てぬ彼女ができる、唯一の抗弁の姿勢であった。

いや、もし彼女が口を開けたならば、「黙れジジィ!」と怒鳴っていたかもしれない。

その彼女に、大神官はさらに続ける。

「お前は救いたかったんやない、救われたかったんや。それに気づけたなら、お前はもしかして本物の聖女になれたかもしれんのう……」

自分の弱さ、愚かさ、醜さ、そういった部分を直視しなかったことこそが、彼女の最大の失敗であったのだろう。

「おい勇者よ……頼めるか？」

「は？　なにを？」

突如話を振られ、きょとんとするメイ。

『ですから……〝邪神の舌〟ですよ』

見ていられないとばかりに、ゼオスが言う。

本来、融合した状態の天使の声は、同じ天使にしか聞こえない……のだが、今はそのチャンネルをオープンにすることで、メイたちにも聞こえるようにしていた。

「あー、こいつもなんだ」

ようやく理解するメイ。

彼女の持つ〝光の剣〟は、邪神を倒すために、絶対神アストライザーが生み出した武具。

この剣ならば、〝邪神の舌〟を、ポエルから切除することができる。

「あんま気がすすまないわね、人の舌を叩《たた》き切るなんて」

場所が場所だけに、腕や足を切るよりも、躊躇《ちゅうちょ》する話であった。

『別に、外科手術のように切断する必要はありません。刃《やいば》でかるく撫《な》でれば事足ります』

「あ、そうなの？」

ゼオスに言われ、メイは未《いま》だ拘束されているポエルに近づく。

「うぐぐぎ……」

自身の力の拠《よ》り所《どころ》を奪われまいと、口を強く閉じ、抵抗するポエルであったが、メイはそれを軽く指二本で押し広げる。

「観念しなさい」

シュッと、目にも止まらぬ速さで〝光の剣〟が振られ、一瞬の後には、ぽとりと、どす黒い肉の欠片《かけら》──〝邪神の舌〟が、地面に落ちる。

出血もない、おそらく、ポエル自身、いつ切除されたかも気づかないほどであったろう。

「これでよし、と………」

そして、ポエルから外れてなおビクビクとうごめく〝邪神の舌〟に、メイは刃を突き立てる。

絶命したように、醜き肉塊は雲散霧消した。

そして………

「ぐっ………」

神聖魔法による拘束が解かれ、膝《ひざ》をつくポエル。

同時に、融合が解けたのか、カサスも分離する。

「………」

「………」

二人とも、ぐったりとうなだれていた。

今まで行ってきた全てが明らかになり、全ての手が完全に封じられた。

もはや抵抗の手段はなく、待っているのは処罰のみである。

「ポエルよ……お前さんのしたことは許されることやない。今日この時をもって破門や。大聖堂から出ていき」

苦い顔で、大神官が告げる。

本来は、彼女の行った犯罪は、背任罪と呼ばれるものである。

その職務に就くものが、その使命を忘れ、第三者、もしくは自身の利益を得るために職権を乱用したのである。

「安心せぇ、お前さんにだけ押し付けん。ワシも大神官の座を退く……」

今回の一件は、ポエル一人の罪で終わるものではない。

彼女が行ってきた架空取引や資金洗浄は、もはや宗教行為の域を超えている。

しかも、その事実を隠蔽《いんぺい》してきた以上、明確に悪質な脱税行為となる。

それらに、懲罰としての追徴課税が加わり、その負債を、今後大神殿は支払い続けねばならない。

トップがみずから首を切るくらいしなければ収まらない。

したがって、破門と追放程度で済むのは、むしろ温情と言えるのだが……

「もう、殺しなさいよ……」

それを、ポエルは理解しない。

この世界で最も不幸な者のような顔で、忌々《いまいま》しげにこぼす。

「どうせみんな私のせいなんでしょ！　そういうことにしたいんでしょ！　なら殺しなさいよ!!」

半ば錯乱し、ヒステリックに喚《わめ》く。

「あちゃー……」

呆《あき》れた声を上げるメイ。

どこにでもこういう手合はいる。

常に自分を、「最大の被害者」の位置に置きたがる者は。

「つける薬ないわね」

メイの経験上、こういった者は、なにをどうしてもどうしようもない。

優しくすればつけあがり、厳しくすれば泣きわめく。

そして、同様の者がもう一人いた。

「俺は、どうなるんだ……」

そのポエルを聖女と信じ、同じく背任行為を行ってきた、認天使カサス。

『だいたい、察せるでしょう?』

少しだけ、突き放すような口調で、ゼオスは返す。

天使とは、神に代わって、その意思を代行する者たち。

その意思に反した行いをしたということは、その存在意義を失うに等しい。

『天使の地位の剝奪《はくだつ》です。堕天し、地上の民として生きることですね』

神の御下にあり、神ある限り死ぬことなき存在から、有限の存在に堕《お》とされる。

もはや再起の機会はなく、これより上の刑罰は、「消滅」のみである。

「いっそ、消滅させてくれないか……」

天使になってなお、人であった頃に果たせなかった弱者救済を行おうとして、その挙げ句、悪魔と取引したポエルに欺《あざむ》かれた。

さらに言えば、そこまでして行った陰謀は、本来の「救済」の意義を大きく違えたものであることを痛感させられた。

カサスもまた、ポエル同様、自暴自棄の中にあった。

「二人揃《そろ》ってどないしょうもないわね」

メイの感想が、全てであった。

もうこうなれば、放っておくしかない。

それ以上、彼らにしてやれることなどない。

そう誰もが思った。

ブルーも、大神官も、クゥでさえ、かける言葉を失った中――

「ちょっと来なさい」

突如、融合した体の主導権を、ゼオスが奪う。

『ぜ、ゼオスさん？』

断りもなく交代した彼女に、抗議ではなく、むしろなにが起こったのか案じるような声で、クゥは言う。

口調こそ、いつもと変わらないように聞こえる。

だが、融合しているからこそ分かる。

今の彼女は、少し、いや、かなり………

「放っておいてくれ、もう、なんの気力もわかない」

「好きにしてよ、殺せって言ってるでしょ……」

それに気づかないカサスとポエルは、やはり自棄《やけ》っぱちな態度であった。

次の瞬間――

「いたぁ!?」

ぶっ飛ばされ、地面を転がるカサス。

「え？」

「え？」

『ええっ!?』

驚きの声を上げる、ポエルと大神官、そしてクゥ。

カサスを殴り飛ばしたのは、ゼオスである。

聖なる天使が、拳《こぶし》で同じく天使を殴り飛ばしたのである。

唖然《あぜん》とする彼らをよそに、ゼオスはカツカツと足音を鳴らし近づくと、カサスの胸ぐらを掴《つか》んで、無理矢理引っ張り立たせる。

「な、なにをする、ゼオス・メル!?」

「いいからついてこい。ぶち殺すぞ」

「ひっ!?」

いつもと変わらぬ、冷静な表情のゼオス。

ただし、目は煉獄《れんごく》のごとく怒気に溢《あふ》れていた。

「………そっちも」

「な、なに!?　やめて、いやぁ!?」

続いて、今度はポエルの襟首《えりくび》を掴み、立たせるまでもなく、無理矢理引きずり出す。

「やめ、なにを、おい!?」

「ちょっと、放してよ!?　暴力反対!!」

今しがた「殺せ」「消せ」と喚《わめ》いていたカサスとポエルが半泣きで叫ぶも、まったく聞き入れず、ゼオスは何処《いずこ》かへと二人を連れて行った。

「あ〜〜〜〜〜?」

唖然としている大神官の横で、メイとブルーは苦笑いをしている。

「アイツ、そういえばそうだったわね」

「うん、基本根っこは変わってないんだね」

人間であった頃、メイ以上にストロングな性格で、考えるより先に拳を奮っていたゼオス。それから千年以上、天使として生きて理性の塊のような顔になったが、その素顔をひょっこりのぞかせたようである。

「見に行きましょ、おもしろそう」

後を追うメイ。

「う～ん」

その後ろ姿を見ながら、ブルーは少し考える。

人間時代のゼオスと、現在のメイ。

よく似ている。

そもそもが、ゼオスは「初代勇者」なのである。

（あの二人……まさか先祖と子孫の関係じゃないよね……？）

ちょっとばかりそんなことを考えながら、ブルーも後に続いた。

そして……

「…………」

そして、〝それ〟も、ゆっくりと、後を追った。


「はなっ!?　放せ！　放せと言っているだろう！　お願いだから放してくれぇ!?」

「せめて、せめて立たせて！　自分で歩くから!?」

胸ぐらを摑《つか》まれたカサス、襟首《えりくび》を摑まれ引きずられるポエル。

泣き声混じりの懇願を無視して、ゼオスがやってきたのは、大神殿の最深部だった。

本来ならば、あの老人、大神官とて、祭事の時以外は入れない場所である。

ゼオスはそこに、天使の権限をもって、堂々と乗り込んだ。

「なんで、こんなところに……」

神官長であったポエルは、知識としては知っている場所である。

そこは、「大神殿の始まりの場所」とされているところである。

しかし、それに反して、そこはあまりにも寂しい場所だった。

石造りのドーム状の広間には、なにもない。

神を模した像も、神を称《たた》える巨大なモニュメントもない。

わずかばかりの燭台《しょくだい》の他には、ただ一か所、そこだけ土がむき出しになった中央部に、ささやかな石碑が置かれているだけ。

まるで、そうあることを、この場所を作った者たちが自らに課したように。

それ以上のものを決して許さなかったように。

それこそが、その場所にある者への最大の〝詫《わ》び〟であるかのような光景であった。

「確か……ある聖人がここで死んだのよ……死ぬ最後の瞬間まで、弱き者たちを助け続けた僧侶《そうりょ》の墓」

「え……？」

ポエルの言葉に、カサスが声を上げた。

「その聖人は、自らも餓死しかけていたのに、持っていたパンを幼子に与え、ここで力尽きたのよ。その後……彼を知る者たちが集まり、その死に涙して、そして……そう、ここを、〝聖地〟とすることにした」

「なんだと……」

それは、カサスのよく知った話であった。

誰よりも知っている話であった。

ここは、人であったころのカサスの終焉《しゅうえん》の地なのだ。

「あなたが枯れ死んだ後、それまであなたが助け続けた人たちは、その死を伝え聞き、世界中から集まりました」

ポエルに代わって、ゼオスが説明を引き継ぐ。

「皆、口々に言ったそうですよ。『なぜ、自分たちに助けを求めてくれなかったのか』と」

生前のカサスは、ひたすら独力で人々を救い続けた。

だが、救われた者たちを頼るようなことはしなかった。

彼らは弱き者たちであり、救ってやった恩につけ入ってなにかをせびることはしてはならないと、己に禁じていたから。

「その者たちが、ここここそが『人類の聖地にふさわしい』として、寺院を作ったのです。大神殿は、カサス・ルゥ、あなたの巨大なお墓なんですよ」

「バカな……俺の墓だと……？」

今まで、自身の前世を「恥」と思っていた彼は、その後の自分の顚末《てんまつ》をあえて知ろうとしなかった。

知る必要もないと考えた。

一人の僧侶《そうりょ》が、行き倒れて骸《むくろ》に変わるなど、どこにでもある話で、調べようもないとさえ思っていた。

だが、違ったのである。

「ポエル、カサス、あなた方は、当たり前のことをすればよかったのです」

それは、至極簡単なこと。

どの種族でも、童の頃に教わるようなことである。

「助け合えば、よかったのです」

強さ、弱さとは、様々な基準で変わる。

財力はあっても非力な者。

筋力はあっても知力に劣る者。

知力はあっても権力を持たぬ者。

バラバラの者たちが、互いの強さを持ち寄り、互いの弱さを補うことが、社会なのだ。

その社会の根本こそが、「助け合い」なのである。

「弱さを認めなさい、劣っていることを認めなさい。脆《もろ》さや歪《ゆが》みや醜さを受け入れなさい。そのうえで……人の弱さを直視するのです」

ゼオスの言っていることは、別にそこまで難しいものではない。

誰か一人の超人的な救世主を求めるのでも、その他大勢の群れのような弱者を作るのでもない。

許し合い、認め合い、助け合う、それだけである。

「あなたたちが救った人たちに、あなたたちは救われねばならなかった」

それが、彼らの過ちであった。

光が、天から注がれる。

それは、全ての神の中の神、絶対神の光であった。

「羽が……」

カサスの背中の翼が消滅する。

彼は、天使としての資格を失った。

だがそれは同時に、彼自身が、自分の過ちに気づいたということでもあった。

「ゼオス・メルでしたか……救貧院にいた者たちは、これからどうなるのです？」

冷静さを取り戻したのか、ポエルが尋ねる。

「なんとかなりますよ。あなた一人がいない程度でどうにかなるほど、人は弱くない」

大神殿の許容量でも補いきれない数の貧者たちであるが、彼らを社会復帰させる術《すべ》がないわけではない。

住居や当座の生活を保証した上で、病人やケガ人には治療を施し、教育や職業訓練を与え、健全な働き口を見つけてやればいい。

クゥが言ったように、「弱者を弱者でなくす」形で、彼らに接すればいいのだ。

他の国々なら難しいが、超国家組織でもある大神殿ならば、それも可能である。

「なら、後は、私たちがここからいなくなればいい話ですね」

安堵《あんど》しつつ、同時に、少しさびしい笑顔を浮かべるポエル。

それまで見せていた、芝居じみた聖女っぽさはなく、おそらくこれこそが、彼女本来の笑みなのだろう。

「ただ、参りましたね……行く当てがない」

大神殿は、人類種族の宗教的中心地。

そこを破門された元僧侶《そうりょ》を、受け入れてくれる場所がどれだけあるか。

あったとしても、大陸の端の端で、世捨て人のような生き方をすることになるだろう。

「それも、私の罰ですか……」

「ポエル……」

全てを受け入れる覚悟をした彼女の肩に、カサスが手を置く。

「せめて、俺も同行しよう。もはや天使ではなくなった。人として、一からやりなおす」

ポエルに比べれば、カサスはまだ地上の民として暮らしやすいが、元は天使であったため、そもそも彼には人となっても寄る辺となるところはない。

「俺たちは、似た者同士だ。なら……せめて助け合おう」

「そう、ですね……」

肩に置かれたカサスの手を、ポエルは握り返す。

「行き場がないのなら、ウチに来るかい？」

そこに、声がかけられた。

「魔族領は大神殿の教区じゃない。キミらが遠慮する必要もないよ」

ゼオスたちの後を追って駆けつけた、ブルーとメイであった。

「なによ、終わったの？　もうちょっと盛り上がりがあると思ったのに」

つまらなそうにうそぶくメイ。

「受け入れるというのか……俺たちを、敵対したのに……？」

「まぁ、そーなんだけどね」

信じられないという顔のカサスに、ブルーは肩をすくめて返す。

「こっちは万年人手不足なんだ。選《え》り好みしていられない」

これは、ブルーが以前から考えていたことの一つであった。

今後、魔族領を発展させるには、人類種族領から人材を取り入れる必要があるのは自明だった。

しかし、そんな人材は、母国でも引く手あまただろう。

ならば、「なんらかの事情があり、居場所を失った」者たちを受け入れるのである。

「それに、そういうことにこだわり続ければ、今までと同じだからね。キミらが来てくれることで、また新しいなにかがもたらされるかもしれない。それを僕は信じる」

その言葉は、この地に訪れた最初の日に、クゥがポエルに語られた内容とほぼ同じだった。

彼女が語った時は、〝邪神の舌〟の力がなくば、上滑りするような空虚な言葉だった。

だが、熟慮の果てに紡がれたブルーの言葉は、人外の力を借りずとも、二人を動かすには十分だった。

「感謝します……そのお誘いを、受けさせていただきます……」

　聖職者としての、祈りを捧げるようなポーズではなく、一人の人間として、相手に敬意を表するように、ポエルは礼を述べる。

「おーい」

　そこに、さらに人物が増える。

「あら、邪竜卿《きょう》じゃん」

　メイが振り返ると、現れたのは、ドラゴン族の長、邪竜卿イタクであった。

「よくわからんが、勝手に一件落着な空気にされても困るぞ」

　もとはと言えば、ドラゴン族領内の鉱山開発のために、大神殿からの融資を得るのも、目的の一つだった。

「あれ……どうなんのかしら？　責任者ポエルなんでしょ？」

　メイが視線を向けると、申し訳なさそうにポエルはうつむく。

「あの、私、破門されたんで、もう権限が……」

　むしろ、彼女の許諾を得て通った案件が、今後もスムーズに審査されるか、怪しいものがあった。

「おいおいおい、どうなるのだ!?　我が一族!?」

　長としての責任のあるイタクは、焦った顔で問い詰める。

「まーまー落ち着きなさいよ。こいつより上の大神官にワタリつければどうにか……」

と、言いかけて、メイは思い出す。

「あ、その大神官も、今回の責任取って辞任するって言ってたわ」

「おーい!?」

取引直前に、取引相手の組織構造が大変動したと知り、イタクは悲壮な顔でツッコむ。

「我が一族どうなるんだ!?　おい、責任取れ勇者!?」

「あーもう、うっさいわね、大丈夫よ、なんとかするわよ」

「具体的にどうするんだい？」

「そりゃあ……」

ブルーに問われ、考え込むメイ。

「まぁいざとなれば、次の大神官を脅してでも……」

結局は、力ずくのパターンなメイであった。

こうして、混沌に混沌を重ねた、大神殿絡みの大規模税務調査は終了した。

だが、これは、終わりでは、なかった。

終章　最悪の結末

「ねぇ、ちょっと、えーっと……」

ふと、メイは声をかけようとして、言葉に詰まった。

目の前にいる、クゥとゼオスの融合体。

今はどちらが表裏どちらの人格なのか、一瞬では判断が付かなかったのだ。

「〝今は〟ゼオスです」

「ああ、そう、やっぱね」

クゥの顔――正確には、「成長したクゥ」の顔だが、それでもクゥ本来の穏やかな表情ではなく、ゼオス特有のクールさが窺《うかが》えた。

「今回はアンタ、ちょっと感情的だったわね」

メイやブルーの知るゼオスは、何を考えているか、普段はその思考がまったく読めないくらいに常に冷静で冷徹。

そこそこ長い付き合いを経て、情を解すると把握したが、最初は冷酷非情な「悪魔のような税金の天使」という印象であった。

その彼女にしては、今回はかなり、情熱的であったと言える。

「それは……」

その自覚もあったのであろうゼオス。

珍しく、メイの言葉に口ごもる。

理由は、一つである。

今回の、大神殿を中心とした、大規模な脱税工作。

その糸を引いていたのは、やはり税悪魔のノーゼだった。

(焦って、いたのでしょうね……)

ノーゼは、自らの策略を実行すべく、時に〝邪神の欠片《かけら》〟を悪用する。

古《いにしえ》の邪神の力を宿した遺物――だが同時にそれは、魔族統一、大陸統一の野望をいだいた、彼女のかつての大切な存在、ザイ・オーがその身に宿していたもの。

(ザイを、彼をもてあそばれているような気持ちになっていたのでしょうか……)

ゼオスの、人間であったころの感情を揺さぶるには、十分な動機だった。

だが、それを口にするつもりはなかった。

「久しぶりに受肉したので、感情が刺激されたのかもしれませんね」

そう言って、なんとなく、話を逸《そ》らすのであった。

「ああそうよ、アンタいつまでクゥと融合してんの？」

そんなゼオスの心の機微など察せないメイ、体の所有権を返すように促す。

「ええ、そうですね……」

まだ、問題は山積みである。

今回の一件の事後処理を行い、その中から、ノーゼの次の足跡をたどる。

膨大な作業になるが、一つ一つしらみつぶしにしていくことが、一番の近道なのだ。

そのためにはまず、いつもの自分に戻るべきだと、ゼオスは思った。

「ただ、分離は段階的に行う必要がありましてね……少し、長時間融合しすぎました」

大聖堂に来てから……いや、そこにたどり着くまでの間も、ずっと一心同体となっていたのだ。

いきなり引き剝《は》がせば、クゥの精神にも影響が残る。

「まずは、私の精神を外します」

そう言うと、ゼオスは目をつむりうつむく。

わずかの後、ガクッと体が倒れ込んだ。

「わ、ちょ、大丈夫?」

とっさに支えるメイ。

「ううん……あ、メイさん」

顔を上げたときには、いつものクゥの表情に戻っていた。

「あとは、体から完全に抜け出るだけね」

ゼオスが融合したことで、クゥは肉体にまで変化が及んでいた。

骨格レベルまで変わったこの状態では、確かに、ポエルのようにすぐに「抜け出る」わけにはいかないのだろう。

深度の高い海中には、潜る時は一瞬だが、浮かぶには時間をかけるという。

それと同じようなものなのかもしれない。

そして、それこそが、〝彼女〟がずっと狙《ねら》っていた瞬間だった。

「え？」

それは、突然のことだった。

突如起こった、その異常な事態に、理解が及ばない、半分笑ったようなクゥの声。

「クゥ……アンタ……え？」

メイには、よくわからなかった。

もしかして、ゼオスが抜け出るための、何らかの儀式なのではと思った。

クゥの左胸から、女の手が生えていた。

いや、違う。

「待っていました、この時を」

それは、生えていたのではない。

クゥの背後に立つ女が、己の手刀をクゥの背中に突き刺し、心臓を貫いたのだ。

「え……あれ……えっと………」

何が起こったのか、クゥはまったく理解していなかった。

理解できるわけがない。

彼女の十四年かそこらの人生で、「自分の胸を貫かれた」経験などないのだから。

「ごぷっ」

口から、尋常ではない量の血が吐き出される。

さらに、手が、足が、体が、急速に力を失う。

まるで、すごい勢いで、自分の体が自分のものでなくなっているようだった。

「あのえっと……あ………」

その場に倒れるクゥ。

その拍子に、背後の女の腕が、彼女の胸から引き抜かれる。

貫かれた胸の穴から、こんな小さな体に、こんなにも詰まっていたのかと驚くほど、大量の血が溢《あふ》れ出し、クゥの体を中心に、血の池を作り出す。

「アンタ………」

呆然《ぼうぜん》と、メイはその光景を見ていた。

見ていることしかできなかった。

それくらい、完全に、虚を衝《つ》かれた。

「どうも、うふふ……」

そこにいたのは、税悪魔のノーゼであった。

ああそうだろうなと、メイは思った。

税天使のゼオスも、自分に気配を察知させることなく、何度となく背後を取った。

そりゃあ天使と悪魔は似たようなものだ。

そりゃあ、自分に気づかれず、クゥの背後に迫り、彼女の心臓を貫くことだってできる。

クゥを殺すことだってできる。

「―――――!!!」

思考が働くよりも疾《はや》く、メイは〝光の剣〟を抜き放ち、ノーゼを袈裟《けさ》斬《ぎ》りにする。

「なぜ?」とか、「どうして?」とか、そんなものはいらない。

殺さなければならないから殺すという、結晶化しそうなほど純粋な殺意で、斬り捨てた。

「かっ――」

悪魔の知覚をもってしても反応できないほどの、神速の斬撃《ざんげき》。

その衝撃は、ノーゼの上半身を、空中に飛ばすほどだった。

「誰か!! 早く! 早く助けて!! クゥが………!!」

ようやく、メイはその言葉を絞り出す。

後半は、泣き声が混ざっていた。

こんな、こんななにかの間違いのような形で、死んで良いはずのない少女が、死のうとしているのだ。

「クゥくん!!!」

「クゥ・ジョ!」

ようやく気づき、駆けつけるブルーとイタク。

だが二人では、クゥは救えない。

今にも完全に死のうとしている彼女を蘇《よみがえ》らせるほどの力は、この二人は有していない。

「大神官を連れてきて!! あのジジィなら……早く!!」

可能性があるとしたら、蘇生《そせい》の力を持つ、神聖魔法の使い手の大神官くらい。

だが、この場にはいない。

「い、行ってきます!!」

事態の急変を察したポエルとカサスが走る。

だが、大神官がいる救貧院まで走り、この大神殿の最深部まで連れてくるのに、どれだけの時間がかかるのか。

十分か、十五分か……それだけの時間、これだけの血を流し、心臓を失った者が生を保っていられるのか。

いや、そもそも、もう、死んで——

「クゥ!!!　クゥ!!!　しっかりして、死なないで!!」

頭にかすめた思考を振り払うように、メイは叫ぶ。

そうすることで、クゥの命をつなぎとめるかのように。

だが、わかる。

何度も戦いの中で見てきた光景だ。

心ある者が、意思ある者が、命ある者が、「死体」という、物に変わってしまった光景。

「いやあああああああっ!!!」

その事実を、理解できてしまったメイは、ただ、絶望の叫びを上げる。

「かはっ……かははっ……かはははは……!」

その彼女の耳に、むしろ逆に、「なぜまだ生きているのか」という相手の笑い声が入り込む。

「安心……なさ……い……ひひ……」

体を斜めに斬《き》り裂かれ、なおも生きている税悪魔。

痛みを感じないのか、痛みを封じているのか、もしくは、痛みなどどうでも良くなるくらいの歓喜の中にいるのか、彼女はこの上なく幸せそうな顔であった。

「死なないわ、その子は……くふふ……」

まだ動く左手で指差す。

クゥの体、自分が貫いた左胸のあたりを。

「代わりは……置いておいたから……」

血反吐《ちへど》を吐きながら、ノーゼは告げた。

「代わり……？」

何を言っているか聞きたくもないが、何を言いたいのかも理解できない。

いや、理解してやる必要などないと、メイは思った。

「まさか……」

しかし、その謎掛《なぞか》けを、ブルーは察してしまった。

「そういうことか……心臓なのか!!　貴様ァ!!!」

今までメイが聞いてきた中で、最も怒りと、悲痛さのこもった声で、ブルーは叫んだ。

「くふふ」

正解とも不正解とも、ノーゼは言わない。

代わって、答えを明かすように、その音は鳴る。

ドクン！

それは、誰もが聞いたことのある音。

心臓の鼓動。

だが、しかし、果てしなく、不気味で、おぞましく聞こえる心音であった。

「〝邪神の欠片《かけら》〟……瞳《ひとみ》や、腕や、舌があるのなら……」

震えながら、ブルーは言う。

「心臓も、あるということか……それを、埋めたのか……クゥくんの体に!!」

ドクン！

再び、心音が響く。

同時に、異常が起こり始める。

異様な現象が起こり始めたことに気づき、メイは声を上げる。

「なに……血が……」

床に広がっていたクゥの血が、彼女の体に戻っていく。

心臓とは、血を巡らせる、ポンプのような器官である。

収縮することで端々まで血を巡らせ、膨張することで、血を一点に戻す。

その筋肉の運動だけで、体外に排出された血液を、すするように戻しているのだ。

「足りなかった……その子では……資質はあれど……体が弱すぎる……」

歌うように、恍惚《こうこつ》の表情で、ノーゼは言う。

「だから、この瞬間を待った……天使と融合し……神力で肉体が強化され……」

それは全て、巧妙に張り巡らされた罠《わな》だった。

天使が、人間の体に宿らなければならない事態。

天使と人間が、融合しなければならない事態。

全てが終わり、肉体のみが強化され、天使の精神は離脱した状態にするための、お膳立《ぜんだ》て。

「クゥ・ジョ……おめでとう、あなたが次の――――」

そこで、ノーゼの声は止まる。

喜びに満ちた表情のまま、彼女は息絶えた。

ドクン！　ドクン！　ドクン！　ドクン!!

その間も、心音はさらに響く。

響く度に、クゥの体に異変が起こる。

まとっていた服は黒く染まり、髪の色は変わる。

背中に生えていた純白の翼は、禍々《まがまが》しい暗黒へと変化する。

「――――!!」

「ひっ!?」

クゥの目が、見開かれる。

それを見て、思わずメイは悲鳴を上げた。

百戦錬磨の勇者が、よく知っているはずの少女の目を見て、恐怖の悲鳴を上げたのだ。

「…………」

クゥは、ゆらりと立ち上がる。

「うふ」

最初からなにもなかったように、最初からそうであったように、クゥは笑う。

クゥ・ジョという少女が、今まで一度も見せたことのない笑顔で。

その瞳《ひとみ》まで、すでに色を変え。

碧《あお》かった瞳は、不気味さを感じさせる紫へと変わっていた。

彼女が埋め込まれたのは、〝邪神の心臓〟――あまたある〝邪神の欠片《かけら》〟の中で、最も強大かつ強力な力を持つ遺物。

「生物的な死」すら拭《ぬぐ》い去り、なかったことにする暗黒の力の塊。

それをその身に埋め込み、一体化を果たした者は、こう呼ばれる。

「大魔王」――

大魔王クゥ・ジョが、この日、誕生した。

つづく

あとがき

はい、というわけでございまして、「剣と魔法の税金対策」五巻でした！

さて、いよいよ佳境な本作、ようやっとここまで来たかと思う限りです。

しかしながら、どんなものでもこっからが厳しい。

登山とか、九合目からで「半分だ」と言われます。

ま、登山とかしたことないんですがね！

さて、本作はタイトルにも入っているように「金」が重要部を占めます。

なので、時にけっこう世知辛《せちがら》い話もいたします。

しかしながら、それは避けて通っちゃいけないと思うのですね。

「お金の話なんて意地汚い」という向きもありますが、世の難題のことごとく、とにかく「金で解決できることは全部やって、その上で、残った問題に残った力を注ぎ込む」が大切です。

お金って、なんのかんの言って、人類が作った最古の発明品です。

「使われて」はいけないが、「使ってはいけない」になってもいけないのです。

そういうことを、これからも描いていきたいと思うところです。

さて、そんなわけで今回の謝辞などを……

三弥《みや》カズトモ様！　今回も素晴らしいイラスト、ありがとうございます。

特に今回は今まで以上に面倒くさいオーダーで……でもしっかり応えてくれるところにいつも甘えてしまいます。

担当のY氏、ご厄介をおかけして、本当にすいません！

さらに、デザイナー、校正、出版印刷、流通販売、本書を今お読みの方に届くまで尽力いただいた方に、そしてなにより今お読みくださっている方に、心よりの感謝を！

あ、そしてインフォメーションです！

蒼井《あおい》ひな太氏による『剣と魔法の税金対策@comic』第二巻が、同月に発売しております！

是非ともこちらもよろしくです！

そしてさらに、本作、オーディオブック化です!!

ちょうど、本書発売のタイミングで配信されている頃ですね。

キャストも発表されておりますが、ブルーがまさかの〝あの方〟……!!

ロックオーン!!

ってな感じで、次回もどうぞ、よろしくお付き合いください！

ＳＯＷ

ただし、申告の際には、「どこで購入したか」も申告する必要があります。

レシートや領収書、ネット通販などで購入した場合は、その通販会社の薬局部門が書かれた紙が同梱されているはずですので、大切に保管しておきましょう。

塵も積もれば山となる………けっこう大きいんですよ？

セルフメディケーション制度 ——［せるふめでぃけーしょんせいど］

さて、上に述べたように、「医療行為」は控除対象となりますが、「予防行為」は控除対象になりません。　ですが、「健康な体を維持する」も立派に公的負担を軽減する行為なのです。

例えば、あなたが体を壊すような不健康な生活をしたとしますね？

病気になっても薬も飲まず健康診断にも行かない。栄養バランスの悪い食事をして、不規則な生活をしたとします。その結果、体を壊して初めて、病院に行くとしましょう。

日本は国民皆保険制度の国ですから、治療費は三割負担。つまり、七割は国が負担します。

もし治療費が一万円なら、七千円は国が支払うのです。ですが、健康的な生活を送ってくれたなら、七千円支払わなくて済むのです。すなわち、財源でもある税金が、そのぶん「浮く」わけですね。

結果として「健康的な生活を行うことは、税金を納めることと等しい」という考え方なのです。なので、「健康な生活を行うために使用したお金」も、「経費」として認められます。

それが、セルフメディケーション制度です。

経費はその年の売上から引かれ、残った金額が「所得」として課税されます。要は「健康な生活を送れば税金が安くなる」なのです。この制度を利用すれば、健康診断やがん検診、乳がん検診、さらに各種予防接種なども、控除の対象となります。

ですが……このセルフメディケーション制度、上記の医療控除制度の特例になるので、申告の際はどちらかしか選べません。

しかし、ご安心ください。例えば「健康診断を行って、なんらかの病気が見つかり、治療を行った」となれば、この「健康診断」も「病気発見のための医療行為」になるので、セルフメディケーション制度は使えなくても、医療控除の適用となります。

この控除制度、いろいろと条件付けも多く、例えば「ヘルスケア商品の購入費」——具体的に言うと、体重計などですね——は、通常は控除の対象にはなりません。しかし、お医者さんの診察を受けて、「体重や血圧を家でも測ってください」と指導を受けた場合は、「医療行為の一環」になるので、この購入費も控除対象となります。

ポイントとして、「医師の処方箋、もしくはそれに準じる公的資格者の指導」です。

これがあれば、「日々の運動が治療行為となる」として、スポーツジムの使用料や、「湯治が治療行為となる」となれば、温泉の入浴料も控除対象となるのです。

このように、税金は個人の事情に合わせ、様々な控除制度を設けています。
しかし、それらは全て、申告が前提となっています。わからないことがあった時は、どうぞ、お近くの税理士にご相談を！　ご安心ください、「税理士への相談料」も「正しい税金を納めるため」の費用として、控除対象です。
それでは、ゼイリシのクゥ・ジョでした♪

“ゼイリシ”クゥ・ジョの

出張税務相談

It's a world dominated by tax revenues. And many encounters create a new story

お久しぶりです！　五回目となりますこのコーナー。

今回は、ちょっと趣向を変えた税金のアレコレの解説をしたいと思います。大丈夫、税金は怖くありません。ちょっとむずかしいだけなのです……

あ、念の為、今回も日本の税制度を基本としてお話ししています。

医療控除 ［いりょうこうじょ］

まず、第一の原則として、税金は「公金の負担がかからないようにすると減る」という法則があります。

これがどういうことかというと、「不健康な生活をして、公的負担の割合いが上がれば、結果として社会保障費が高騰し、国の財政を圧迫してしまうから」ということです。

えー、わかりやすく例えましょう。

例えば、あなたが、体調が優れなかったとしますね？　なのに、薬も飲まず、お医者さんにも診てもらわなかった結果、深刻な病気になってしまったとします。仕事もできなくなり、入院してしまったとします。

これは大問題です。本来なら、働いて税金を納めていただくはずの納税者さんが、税金を納めるどころではなくなるからです。

なので、「普段から気軽にお医者に行けるように」と、医療費に関する多くのものは、収入から差し引く「経費」として考えられます。

つまり「具合が悪くなったらすぐに病院に行きなさい」を促進する制度なんですね。お医者さんの診察費もそうですが、薬屋さんでお薬を購入した代金、さらには、病院に行くまでの交通費も、控除の対象となります。

このお医者さんは、歯医者さんや、中には接骨院や、整体やマッサージなども入ります。「健康保険適用」「医療控除対象」と書かれていれば、まず問題ありません。

ただし、これはあくまで「医療行為」へのものです。

この控除の範囲は思ったよりも広く、例えば薬ならば、頭痛薬、鎮痛剤、解熱剤、風邪薬、精神安定剤なども対象となっています。さらには、便秘薬や咳止め、水虫治療薬に肩こりの薬も含まれます。意外に思われるかもしれませんが、これらの薬は、内蔵疾患や呼吸器疾患、皮膚病、筋肉痛のお薬です。

なので、具体的な商品名は上げられませんが、「ピタッと貼って」なパスな貼り薬や、スタジアムの名前でもお馴染みの塗り薬も、対象となります。

パッケージに「控除対象」のマークがあるものがそれですね。

参考資料：『善と悪の経済学』（東洋経済新報社）　『がんばっているのになぜ僕らは豊かになれないのか』（KADOKAWA）
『まちがいだらけの脱税入門』（ビジネス社）　国税庁ウェブサイトhttps://www.nta.go.jp/

オニの「税天使」ゼオス!
迎え討つは、人類最後の
「ゼイリシ」クゥ!
CHECK
It's a world dominated by tax revenues.
And many encounters create a new story
剣と魔法の税金対策《けんとまほうのぜいきんたいさく》
Brave and Satan and Tax accountant
@comic
2
[原作]SOW(ガガガ文庫刊)
[作画]蒼井ひな太
[キャラクター原案]三弥カズトモ
定価660円(税込み)/サンデーうぇぶりSSC

小学館
2月21日配信開始予定!
オーディオブックに
なりました!!
audiobook.jp、Audible、ピッコマ、
ListenGoなどで購入できます!
メイ役——
加藤英美里
ブルー役——
三木眞一郎
クゥ役——
柴田芽衣
ゼオス役——
織江珠生

けんとまほうの
ぜいきんたいさく
It's a world dominated by
tax revenues.
And many encounters create
a new story
[著] SOW
[絵] 三弥カズトモ
Brave and Satan and Tax accountant
剣と魔法の税金対策

GAGAGA

ガガガ文庫

剣と魔法の税金対策5

SOW

発行　2022年2月23日　初版第1刷発行

発行人　鳥光 裕

編集人　星野博規

編集　湯浅生史

発行所　株式会社小学館
〒101-8001 東京都千代田区一ツ橋2-3-1
[編集]03-3230-9343　[販売]03-5281-3556

カバー印刷　株式会社美松堂

印刷・製本　図書印刷株式会社

Printed in Japan　ISBN978-4-09-453050-6

第17回小学館ライトノベル大賞 応募要項!!!!!!!!!!!!!!!!!!!!!!!!!!!!

ゲスト審査員は武内 崇氏!!!!!!!!!!!!!!!

大賞：200万円＆デビュー確約
ガガガ賞：100万円＆デビュー確約
優秀賞：50万円＆デビュー確約
審査員特別賞：50万円＆デビュー確約

第一次審査通過者全員に、評価シート&寸評をお送りします

容　ビジュアルが付くことを意識した、エンターテインメント小説であること。ファンタジー、ミステリー、恋愛、Fなどジャンルは不問。商業的に未発表作品であること。
人誌や営利目的でない個人のWEB上での作品掲載は可。その場合は同人誌名またはサイト名を明記のこと）

考　ガガガ文庫編集部＋ゲスト審査員 武内 崇

格　プロ・アマ・年齢不問

稿枚数　ワープロ原稿の規定書式【1枚に42字×34行、縦書きで印刷のこと】で、70～150枚。
手書き原稿での応募は不可。

募方法　次の3点を番号順に重ね合わせ、右上をクリップ等(※紐は不可)で綴じて送ってください。
作品タイトル、原稿枚数、郵便番号、住所、氏名（本名、ペンネーム使用の場合はペンネームも併記)、年齢、略歴、電話番号の順に明記した紙
800字以内であらすじ
応募作品(必ずページ順に番号をふること)

募先　〒101-8001 東京都千代田区一ツ橋 2-3-1
学館　第四コミック局 ライトノベル大賞係

ebでの応募　GAGAGA WIREの小学館ライトノベル大賞ページから専用の作品投稿フォームにアクセス、必情報を入力の上、ご応募ください。
データ形式は、テキスト(txt)、ワード(doc、docx)のみとなります。
Webと郵送で同一作品の応募はしないようにしてください。
同一回の応募において、改稿版を含め同じ作品は一度しか投稿できません。よく推敲の上、アップロードください。

め切り　2022年9月末日(当日消印有効)
Web投稿は日付変更までにアップロード完了。

表　2023年3月刊『ガ報』、及びガガガ文庫公式WEBサイトGAGAGAWIREにて

意　○応募作品は返却致しません。○選考に関するお問い合わせには応じられません。○二重投稿作品はっさい受け付けません。○受賞作品の出版権及び映像化、コミック化、ゲーム化などの二次使用権はすべて小館に帰属します。別途、規定の印税をお支払いいたします。○応募された方の個人情報は、本大賞以外の目的利用することはありません。○事故防止の観点から、追跡サービス等が可能な配送方法を利用されることをおすすします。○作品を複数応募する場合は、一作品ごとに別々の封筒に入れてご応募ください。